오늘도
꿈모닝입니다

오늘도
꿈모닝입니다

초판 1쇄 인쇄 _ 2019년 4월 25일
초판 1쇄 발행 _ 2019년 4월 30일

지은이 _ 진가록 기성준 하진형 김혜경 하소현
　　　　심고은 서정연 김인순 김영욱

펴낸곳 _ 바이북스
펴낸이 _ 윤옥초
책임 편집 _ 김태윤
책임 디자인 _ 이민영

ISBN _ 979-11-5877-092-1 03800

등록 _ 2005. 7. 12 | 제 313-2005-000148호

서울시 영등포구 선유로49길 23 아이에스비즈타워2차 1005호
편집 02)333-0812 | 마케팅 02)333-9918 | 팩스 02)333-9960
이메일 postmaster@bybooks.co.kr
홈페이지 www.bybooks.co.kr

진가록 기성준 하진형
김혜경 하소현 심고은
서정연 김인순 김영욱

오늘도
꿈모닝입니다

바이북스
ByBooks

오늘도 꿈모닝입니다!

If you can dream it, you can do it

꿈꿀 수 있다면 이룰 수 있다.

_ 월트 디즈니

굿모닝이 아니라, '꿈모닝'이다.

꿈이라는 단어가 과연 아침이라는 뜻의 '모닝'이라는 단어와 어울리는 말일까? 적어도 부산의 독서모임 미라클팩토리에서는 그렇다. 미라클팩토리는 말 그대로 '기적이 일어나는 공장'이기 때문이다.

주방에서 시작된 꿈을 쓰는 모임

3년 전, 창고로 쓰이는 공간 한쪽에 있는 작은 주방에서 독서모임이 시작되었다. 일주일에 한 번 남녀노소 다양한 직업군의 사람들이 이곳에 모여 한 권의 책을 읽고 생각을 나누었다. '이게 무슨 대단한 일이냐'고 반문할지도 모른다. 그렇지만 책을 읽고 생각을 나누던 사람들이 보육시설에 인문고전 봉사 활동을 다녀오고, 소아암 환우들을 위해 크리스마스 선물을 배달하러 나가기 시작했다. 그뿐만 아니라, 탈북민 어린이들을 위해 책을 기증했다. 이제 그들의 스케일은 더욱 커졌다. 인도의 빈민가에 도서관을 지어주는가 하면, 캄보디아의 한 마을을 살리기 위해 캐슈너트 나무를 심고 있다.

> 돌이 빵이 되고 물고기가 사람이 되는 건 마술이고, 사람이 변하는 게 기적이다.
>
> _《우리들의 행복한 시간》중

이 모든 일이 누군가의 꿈으로부터 시작된 것이다. 한 사람의 꿈이 다른 사람에게 꿈을 심어주게 되고, 여러 사람이 함께 모은 꿈의 씨앗이 숲으로 자라나게 되었다. 무슨 말이냐고? 책으로 생각을 나누러 모인 사람들은 그 안에서 서로의 삶을 나누고, 꿈을 나누게 된 것이다. 독서모임에서 책을 읽고 생각을 나눈다고 돌이 빵이 되는 건 아니다. 물고기를 사람으로 만들 수도 없다. 그렇지만 '사람이 변하는' 기적이 일어난다.

육아 우울증에 빠져 있던 한 주부는 독서모임을 통해, '책 읽는 리더'를 키우고 싶다는 꿈을 꾸게 되었다. 어느새 그녀는 영어로 동화책을 읽을 뿐만 아니라, 저자에게 직접 편지까지 보내는 아이들을 교육하는 학원을 운영하고 있으며 그 노하우를 담아 책을 써 내어 저자가 되었다.

무역회사를 운영하던 사장님은 '한 10년쯤 후에나 리더십에 관한 책을 써볼까?' 생각만 하고 있었다. 그런데 독서모임에 참여한 지 불과 1년도 채 안 되어 책을 출간했으며 지금은 회사의 사장으로서, 작가로서, 리더십을 교육하는 강사로서 왕성한 활동을 펼치고 있다. 기적을 만들어내는 공장, 미라클팩토리에서 '사람이 변하는' 기적이 일어나고 있다.

사람이 변하는 가장 쉬운 방법은 '자신을 새로운 환경에 두는 것'이다. 자신을 새로운 환경에 두는 가장 쉬운 방법은 바로 '독서'이다. 새롭고 낯선 곳으로 여행을 떠나지 못한다 하더라도, 우리는 책 한 권으로 새로운 환경을 맛볼 수 있다. 그렇다면 이 소중한 책을 읽고 다른 사람과 생각을 나누면 어떤 일이 생길까? 최소한 몇 배에서 몇십 배, 아니 몇백 배 새로운 세계를 느껴볼 수 있다. 저마다의 지혜와 경험이 더해져, 그야말로 책 한 권으로 스스로 변화되는 다양한 화학적 변이를 경험할 수 있게 된다.

이런 경험을 한 사람들은 가만히 앉은 곳에서도 '새로운 것을 그

려볼 수 있는 능력'이 생긴다. 그것이 바로 '꿈꾸는 능력'이다. 꿈꾸는 것은 능력이다. 독서를 통해, 사람들을 통해 많은 변화와 성장을 맛본 스펙을 가지고 있는 사람들이 누릴 수 있는 특권이다. 이런 사람들은 자신의 인생을 지금보다 더 나은 인생으로 바꿔 갈 수 있다. 심지어 자신뿐만 아니라, 자신이 속한 곳을 더 나은 곳으로 바꾸어 내기도 한다. '흑인과 백인의 차별이 없는 세상'을 말하던 마틴 루서 킹의 위대한 꿈이 바로 그런 것이다.

오랫동안 꿈을 그리는 사람은 마침내 그 꿈을 닮아간다.

_ 앙드레 말로

꿈모닝 프로젝트를 시작한 작가들

3년 전 미라클팩토리에서는 100일간 아침마다 새로운 꿈을 써 보는 '꿈모닝 프로젝트'를 진행한 적이 있다. '꿈모닝'이라는 말은 '꿈을 생각하는 아침'이라는 뜻으로, 바로 그때 생겨난 것이다. 100일간 꾸준히 무엇을 한다는 것 자체가 쉬운 일이 아니지만, 더 어려운 것은 100개의 새로운 꿈을 꾸는 것이었다. 미라클팩토리에서는 서로를 부르는 호칭을 '작가님'이라 부른다. 이제 3년간의 독서와 생각의 나눔으로써 내공이 쌓인 미라클팩토리의 작가님들은 꿈꾸는 것을 어려워하지 않는다. 그리고 매일 아침 서로에게 이렇게 인사한다. 꿈모닝!

더 나아가 꿈모닝을 아는 작가님들이 글쓰기를 시작했다. 단순한 호칭을 넘어 정말로 '작가'가 되기 위하여 '꿈모닝 글쓰기'라는 이름 아래 뭉쳤다. 공무원, 은행원, 사업가, 심리치유가, 강사에 이르기까지 그들의 나이, 성향 모두 제각각이다. 그렇지만 자신의 일에 있어서, 또 새로운 꿈을 꾸는 데는 하나같이 열정이 뜨겁다. 이 책은 바로 그들의 열정의 부산물이다.

우리가 함께 있기에 내가 있다.

_우분투 아프리카 명언

꿈벤저스의 이야기가 시작되다

미국 영화인 〈어벤저스〉는 각자 자신의 특출난 재능을 가진 영웅들이 모여 지구를 지키는 이야기다. 미라클팩토리에는 평소에 자기 일에 최선을 다하다가, 또다시 꿈모닝 글쓰기로 열정을 태우는 '꿈벤저스'가 모인다.

처음에는 이렇게 제각각이며 다양한 사람들의 생각을 어떻게 하나로 엮을 수 있을까 고민도 되었다. 그렇지만 진심은 결국 통하게 되어 있다. 이 책의 작가님들은 진심으로 자신의 삶을 사랑한다. 그리고 자기 일에서만큼은 누구보다도 열정적인 장인정신을 가지고 있다. 이런 작가님들의 다양한 삶이 글이 되어, 대한민국의 많은 사람에게 공감과 위로를 줄 수 있을 것이라는 확신이 들었다. 또 작가님들의 '글쓰기'라는 도전이 같은 분야에서 일하고 있을, 또 다른 누군가에게 꿈의 씨앗을 퍼뜨려줄 수 있을 것이라고 기대한다.

모든 성취의 출발점은 꿈을 꾸는 것에서 시작됩니다.

_나폴레온 힐

꿈꿀 수 있다면, 그렇게 살아갈 수도 있다. 이 단순한 진리를 믿는 당신에게 일어날 기적을 위해, 오늘도 꿈모닝입니다!

chapter
1

꿈모닝,
따스함을 읽어 드려요

· 진가록 ·

진가록　《기억독서법》, 《낭독독서법》의 저자로 현재는 미라클팩토리 자기계발센터에서 부대표로 근무하며, 통일 교육과 독서교육을 담당하고 있다. 진가록 작가는 책으로 꿈을 발견하고 책을 통해 꿈을 키워가며, 아이들부터 성인들까지 대한민국의 독서량을 높이기 위해 다양한 독서법을 연구하는 중이다. 최근 유튜브 채널 미라클팩토리 스튜디오에서 '낭독한잔'이라는 이름으로 따스함을 읽어 주고 있다.

나의 어릴 적 꿈은

나의 어릴 적 꿈은 수시로 바뀌었다. 기억나는 가장 어릴 적 꿈은 '어른이 되는 것'이었다. 당시 나의 눈에는 아이들은 할 수 없는 반면, 어른들은 할 수 있는 것들이 많아 보였다. 예를 들면 늦은 시간에 텔레비전을 보는 것이나, 집에 늦게 들어오는 것, 필요한 물건을 사는 권리를 가진 것도 그랬다. 함께 마트에 따라간들 무엇하나 마음대로 살 수 있는 결정권이 나에게는 없었다. 그래서 나와 친한 어린이들이 만나면 하는 놀이는 '어른 놀이'였다. 핸드백을 들고, 엄마 구두를 신으면 어른이 되었고, 소파나 식탁 의자가자동차가 되었다. 사실 그 놀이는 어른 흉내가 끝이었다. 알맹이도없고, 스토리도 없었다. 엄마 아빠들처럼 말하고 행동하는 것으로충분히 짜릿했고, 시간이 잘 갔다.

초등학교에 입학하고, 수영장에 다니기 시작했을 무렵 나의 꿈은 '수영장 입구에서 사물함 열쇠를 회원증과 바꿔주는 카운터 관리인이 되는 것'이었다. 내 키보다 높은 카운터 뒤에 서서 수많은 열쇠를 관리하는 사람은 어떠한 능력자처럼 보였다. 수많은 수영장 회원들이 어떤 번호의 열쇠를 받느냐에 따라 웃기도 하고, 짜증도 냈다. 그 많은 열쇠를 나눠줄 결정권을 가진 그 사람이 참 대단해 보였다.

당시에 어떤 분께서 나에게 꿈이 무엇인지 물었다. 그때 나는 당당하게 '카운터 관리하는 사람이 되고 싶다'라고 말했는데, 그분이 웃으셨다. 지금 생각해보면 나의 대답이 참 뜬금없이 들렸을 것 같다. 그렇지만 그때 나는 '카운터를 관리하는' 일이 얼마나 대단한 것인지 제대로 설명하지 못한 게 아쉬웠다. 사실 카운터지기가 되고 싶은 이유가 열쇠 때문만은 아니었기 때문이다. 높은 데스크는 그 안쪽이 보이지 않아 참 매력적으로 보였다. 매일 열쇠를 바꿔주는 언니는 무언가를 먹고 있으니, 그 밑에는 먹을 것이 가득할 수도 있겠다고 생각했다. 그렇지만 수영장에 갈 때마다 상상력은 더욱 커져서, 나중에는 카운터 밑에 지하로 들어가는 비밀 문이 있을 것이라고 착각하는 지경에 이르렀다. '그 지하실에는 온갖 보물들이 있어서, 이 언니가 항상 이 자리에 서 있는 거구나'라고 생각했다. 가끔 언니가 카운터에 없으면, '지금 지하실에서 쉬고 있을까?' 상상하고, 부러워했다. '카운터 관리는 이렇게 좋은 일인데, 왜 어른들은 아무도 그걸 모르실까!

조금 더 시간이 지나, 혼자 소설책을 읽기 시작한 무렵 나의 꿈은 '호그와트 마법학교에 입학하는 것'이었다. 〈해리포터〉를 읽으면서 소설과 현실을 분리하지 못하던 때, 교실에서 혼자 그 책을 읽는 나는 충분히 마법사가 될 자질이 있어 보였다. 물론 그 책을 읽지 않아 내용을 모르는 친구들은 머글이었다. 나는 입학 편지를 물고 올 부엉이를 기다리고, 롤모델인 헤르미온느처럼 입학하기도 전에 마법주문을 외워두고 그랬다. 시골 할아버지 산소에 갔다가 주운 나무 작대기로 그럴듯한 마법 지팡이도 만들었다. 그렇게 순진무구한 시절이 있었지만, 호그와트 마법학교에 입학할 수 있는 나이 11살이 지나도 오지 않는 부엉이를 기다리면서 나는 점점 철이 들기 시작했다. 철이 드는 것보다, 드디어 상상과 현실을 구분하기 시작했다.

나의 어릴 적 꿈을 돌아보니, 나는 상상하고 그것을 꿈꾸고 또 꿈꾸고 그것을 상상했다. 꿈과 상상은 뗄 수 없는 관계이다. 어쩌면 꿈을 가지고 있는 사람들은 다른 사람들보다 좀 더 잘 상상하는 사람일지도 모른다. 꿈은 '지금 당장 내 눈앞에서 일어나지 않고 멀리 있는 것'이라서, 상상하지 않으면 그것을 만날 수 없다. 상상력이 없는 사람들은 이렇게들 말하곤 한다.

"꿈꾸는 소리 하네.", "꿈은 꿈일 뿐이야.", "헛꿈 꾸지 마.", "꿈이 밥 먹여 주냐.", "어떻게 꿈만 꾸고 사냐."

그들은 꿈이 현실이 되는 그 순간이 눈앞에 그려지지 않아서 이런 말을 할 수밖에 없는 것이다. 하지만 꿈을 꾸고, 거침없이 꿈을 향해 걸어가는 사람들은 아마도 꿈이 이뤄지는 모습을 쉽게 상상할 수 있을 것이다. 다른 사람들의 눈에는 보이지 않은 것이 그들의 앞에는 환하게 그려지기 때문이다. 혹은 그들에게는 실패의 좌절이 상상되지 않는 것일지도 모르겠다. 나에게는 비밀을 간직한 카운터가 매력적으로 보였지만, 한 어른의 눈에는 그것이 그려지지 않았던 것처럼 말이다.

꿈은 상상을 먹고 자란다. 꿈이 곧 상상력이고, 상상력이 곧 꿈이다. 어려운 현실 속에서도 멀리 있는 꿈을 그리면, 연꽃처럼 진흙탕 한가운데서 피어날 수 있다. 꿈꾸고 상상하는 사람들이 훗날에는 연꽃들처럼 진흙탕도 아름다워 보이게 만들 것이다. 오늘 지금 여기에서, 당신은 무슨 꿈을 꾸고 있는가? 당신이 상상할 수 없는 만큼 상상하라. 더 꿈꿀 수 없는 만큼 꿈꾸라. 우리가 꿈꾸고 상상하는 만큼 꿈과 상상이 우리를 이끌 것이다.

나에게 가장 의미 있는 날은 오늘이다

　나를 돌아보니, 그동안 나에게 가장 의미 있는 날은 '내일'이었
다. 아직 오지 않은 날들이었다. '최고의 날들은 아직 오지 않은 날'
이라는 시처럼 희망차고 행복 가득한 의미와는 사뭇 달랐다. 나에
게 내일이 의미 있는 가장 큰 이유는 현재에 대한 불만족함 때문이
었다. '아직은 안 돼, 조금 더.', '이 정도로는 안 돼.' 항상 '내일은
이렇겠지', '그날이 되면 정말 기쁘겠지'라고 생각해왔다. 그래서
그날이 오기를 손꼽아 기다렸다.

　항상 더 나은 내일을 위해 오늘을 포기하면서 공부하는 일에 익
숙했던 나에게 '공부는 재미없지만 해야 하는 것'이었다. 대한민국
에서 나고 자란 대부분 학생은 나의 이런 생각들을 조금이나마 이
해할 것이라고 생각한다. 공부는 딱딱하고 지루하며, 어느 정도의
고통을 수반하고, 이것을 이겨낸 자만이 가질 수 있는 자부심 같

은 것이 있다. 또한 학생들이 재미를 느끼는 것은 공부가 아닐 확률이 높다. 재미있어서 공부하는 것이 아니라, 공부는 '재미가 없어도 해야 하는 일'이기 때문이다.

독서는 하나의 탈출구였지만, 머무를 수 없는 환상이었다. 그런데 어떤 날, 시간이 가는 줄도 모르고 독서모임을 하면서 이런 생각을 하게 되었다. '한 권의 책을 나 혼자 읽으면 한 가지 생각만 하지만, 여럿이 읽으면 한 권의 책으로도 여러 가지 생각을 할 수 있다.' 오로지 혼자 하는 공부만 진짜라고 여겼던 나는 이 생각과 함께 혼란에 빠졌다. 독서모임은 한 권의 책으로 여러 가지의 생각을 나눌 수 있음은 물론 심지어 재미까지 있었기 때문이다. '어떻게 이렇게 많은 것을 배우는 독서모임이 공부가 아닐 수 있는가?', '그럼 어떻게 이런 공부는 재미있는가?', '공부가 재미있어도 되는 것일까?'
함께 책을 읽을 때, 새로운 것을 알아갈 때, 또 알게 된 것을 서로 얘기하면서 배워갈 때, 짜릿함을 느끼기 시작했다. 머릿속에서 온갖 전구에 불이 켜지고 서로 이어지는 기분이 들었다. 조금 더 과장하자면, 드디어 '살아 있다'라는 생각이 들었다. 만족함과 함께 행복감이 가슴에 차올랐다. 바로 이게 진짜 공부인 것을 독서를 하면서, 독서모임을 하면서 깨달았다. 진짜 공부는 공자님 말씀처럼 배우고 익힐 때마다 즐거운 것이다. 즐겁지 않다면 공부가 아니라 고역이라는 것이다.

아마도 예전의 내가 했던, '내일을 위해서 하는 공부'가 말짱 도루묵은 아닐 것이다. 인내심을 배운 것이나, 그 공부로 인해 다른 지식과 경험을 분명히 얻었다. 그러나 스스로 즐거울 수 있는 공부를 하는 것이 인생에서 우리가 추구해야 할 것이 아닐까? 태어나서 죽는 순간까지 우리는 무언가를 배울 것이다. 말하는 것부터 걷는 것, 그리고 살아가는 것을. 이 모든 것이 사실 공부다. 그렇다면 공부는 재밌어야 한다. 그래야 인생이 살맛나지 않겠는가.

이런 핑계 아닌 핑계와 결단으로 나는 고시준비를 내려놓았다. 학창시절 때 실컷 해본 내일을 위한 공부는 이제 더 이상 내가 할 일이 아니라는 생각이 들었다. 대신 오늘을 위한 공부를 하기로 했다. 독서와 독서모임이 나에게는 오늘을 위한 공부이다. 오늘 내가 즐겁고, 한 뼘 자라나는 것을 느낄 수 있는 신나는 일이다. 사람은 누구나 언제 죽을지 알 수 없다. 그런데 살면서 자꾸 그 사실을 잊고, 꼭 언제 죽을지 아는 사람처럼 살아간다. 언제 죽는지 아는 것이 잘못되었다는 말이 아니다. 다만 확실하게 알지도 못하면서, 사회의 시간에 그리고 타인의 시간에 맞춰서 나의 인생을 계획하고, 준비하고, 수많은 오늘을 희생하면서 살아가고 있기에, 청춘이 아픈 건 아닌가 싶다. 무수히 많은 저자가 '오늘에 집중하라'라고 외치는 것도 일맥상통할 것이다. 그냥 '오늘을 즐겨라'가 아니라, 내일 죽어도 억울하지 않을 정말 오늘 하고 싶은 일에 최선을 다하라는 것이다.

그래서 나에게 의미 있는 날도 바뀌었다. 내일이 아니라 바로 오늘이다. 독서를 하고, 독서모임에 나가고, 강의하고, 글을 쓰게 되면서 '오늘이 참 소중하다'라는 것을 절실하게 느꼈기 때문이다. 책을 읽으면서 인생에는 다양한 길이 있음을 알게 되었다. 독서모임을 하면서 사람들은 다양한 생각을 가지고 있으며, 그것이 모일 때 더 건강한 모임이 될 수 있다는 것을 알게 되었다. 또한 글쓰기를 하면서 내 생각이 얼마나 한정적이었는지, 내 생각을 깨트리고 새로운 배움으로 나아가는 것이 얼마나 재미있는 일인지 알게 되었다.

어떤 책에서 읽은 것인데 사실 '과거'나 '미래'는 없다고 한다. 시간을 이해하려고 과거나 미래의 개념을 일렬로 세워둔 것이지, 사실 존재하는 것은 바로 지금 이 순간밖에 없다는 것이다. 그렇게 인생은 수많은 오늘이라는 점들이 모여 채워진다는 것이다. 그렇다면 과연 시간은 어떤 형태일지 상상도 되지 않지만, 일단 이 순간이 가장 중요하다는 사실을 새삼 느끼게 된다. 결국, 매일, 그 순간 최선을 다하는 것만이 내가 유일하게 할 수 있는 일이다. 그러니 더욱 딱 한 번 나를 스쳐 가는 오늘이 참으로 소중하다. 오늘의 점들이 모여 내 인생은 어떤 그림이 그려질까?

톨스토이에게 한 청년이 '어떻게 하면 나은 사람이 될 수 있는지' 물었다고 한다. 톨스토이는 "더 나은 사람을 만나라. 그리고 위대한 사람이 쓴 책을 읽으라"고 조언했다. 오늘을 살지만 나는 내일을 위한 꿈이 또 하나 생겼다. 예전의 나처럼 '내일을 위한 공부에 반짝이는 오늘을 놓치고 살아가고 있는' 대한민국의 학생들을 위해 독서교육을 하겠다는 꿈이 생겼다. 스스로 책을 읽으면서 길을 찾고, 삶을 열어나갈 수 있다는 것. 그리고 그 공부는 무척 신나고 행복할 수 있다는 것. 사실 우리는 행복하기 위해 태어났다는 것을 자라나는 학생들에게 알려주고 싶다. 나에게 가장 의미 있는 날은 '멋진 내일을 꿈꾸며, 오늘 그 삶을 살아가는' 바로 오늘이다.

지금 당장 천만 원이 생긴다면
가장 먼저 하고 싶은 일은?

　나에게 천만 원이라는 돈은 내 평생을 꾸려가기엔 턱없이 작고, 그렇다고 무시하기에는 어마어마한 돈이다. 솔직히 말하자면 지금 당장 천만 원이 생기면, 이 천만 원을 어떻게 더 큰 돈으로 만들 수 있을지 배우고 싶다. 하지만 아직 나는 천만 원을 어떻게 더 큰 돈으로 만들 수 있는지 알지 못한다. 그래서 천만 원으로 정말 미래에 대한 고민 없이 하고 싶은 것과 조금 더 미래를 배려한 현명한 방법을 생각해보고 싶다.

　먼저 미래에 대해 고민을 하지 않아도 된다면, 천만 원이라는 돈을 가지고 바닷가 근처의 마을에 조그맣고 아담한 집을 빌려서 혼자 살아보고 싶다. 동이 틀 때쯤 눈을 떠서 물을 한 잔 마시고, 마을을 구석구석 산책하고 배가 고플 때쯤 집으로 돌아와 밥을 먹는다. 그리고 책을 읽고, 글을 쓰고, 낮잠도 자고, 새나 벌레나 바다를 지겨울 만큼 쳐다보고, 음악을 듣고, 그림을 그리고, 느긋하게 저녁 식사를 준비해서 알맞게 먹고, 영화를 한 편 보고 스르르 잠이 들었으면 좋겠다.

이렇게 살면 지겨울까? 외로울까? 아니면 적성에 맞을까? 모르겠다. 그래서 천만 원이 생기면 다만 몇 달간이라도 해보고 싶다. 이렇게 하고 싶은 일을 쓰다 보니, 이렇게 살고 있지 못한 이유가 '천만 원이 없기 때문'은 아니라는 생각이 든다. 해보고 싶다면 지금이라도 한 달간 해볼 수 있을 것 같기도 하다. 내가 바닷가 마을에서 여유로운 생활을 꿈꾸는 게 돈이 있어야 가능한 일처럼 보이지만, 경제적인 이유보다는 시간이나 생활의 여유를 갖고 싶은 것이 아닌가 싶다.

그럼 당장이라도 그렇게 하면 되는데 나를 가로막는 것은 무엇일까? 아니 나를 가로막고 있다고 내가 착각하고 있는 것은 무엇일까? 하는 일들일까?, 만나고 있는 사람들일까?, 내 안의 편견일까? 조금 더 미래를 배려하는 현명한 방법으로 천만 원을 어떻게 할지 고민해본다면, 어떤 상황에도 적용할 수 있는 규칙을 만들어봐야겠다는 생각이 든다. 어느 정도의 돈이 생기든 오늘도 즐기고, 내일도 소홀히 하지 않을 방법. 그리고 돈이라는 물질적인 것을 물질을 넘어서 좀 더 가치 있게 쓸 방법. 어쩌면 애매한 크기의 천만 원을 좀 더 키울 수 있는 토양을 가꾸는 그런 방법. 어느 정도를 떼어서 저금하고, 어느 정도를 떼어서 책을 사고, 어느 정도를 떼어서 좋은 교육을 듣고, 어느 정도를 떼어서 생활비로 쓰고, 어느 정도를 떼어서 여행을 가야지.

이렇게 보니, 돈으로 정의해보는 내 삶의 기준은 현재보다 미래에 있는 것 같다. 항상 더 나은 미래를 위해 준비하고 있다. 나중에 쓸 돈, 나중에 더 좋은 교육, 나중에 할 여행, 나중의 삶에 도움이 될 책들. 지금 당장 천만 원이 생긴다 해도 결국 나중에 쓰려고 미뤄두는 게 더 많으니 말이다. 도대체 나중에 언제 이 돈들이 유용한 역할을 할 때가 올까? 나는 언제가 그날이라고 생각하면서 사는 것일까?

'돈'을 나는 너무 추상적이고, 미래적이며, 현재 나와 어울리지 않는 것으로 보고 있지는 않을까? 무조건 아껴야 하고, 쌓아두어야 하는 것으로 생각하고 있지는 않을까? 정말 필요한 곳에 적절하게 소비하고 있는 것일까? 소비는 나에게 부정적인 의미일까?

자꾸 나중을 위해서 미뤄두는 것은 어떤 면에서, 돈이 무엇인지, 돈의 역할이 무엇인지, 돈으로 무엇을 할 수 있는지 생각하지 않고 또 모른다는 것이 아닐까. 물론 '미래를 위한 투자'는 중요하지만, 그 언제 올지 모르는 막연한 투자는 그냥 나의 무지함을 보여주는 것 같기도 하다.

정말 돈의 역할은 무엇일까? 돈은 어떻게 써야 할까? 아니 돈은 그냥 쓰면 되는 것인데, 돈을 너무 현명하게 써야 한다는 강박관념을 가져서 자꾸 그 결정을 미뤄두는 것일 수도 있다. 결국, 천만 원이 생기면 더 큰돈으로 불리겠다는 욕심 같은 계획은 그저 지금 어떻게 써야 할지 모른다는 무지를 드러낸다. 그리고 내가 가진 지혜의 한계, 지혜의 강박을 드러낸다. 나 같은 사람은 그냥 천만 원이 생겨도 이렇게 고민만 하고 앉아 있을지도 모르겠다.

이 글을 쓰다 보니, 앞으로는 돈을 쓰는 연습을 해야겠다는 생각이 든다. 어떻게 내가 가진 돈을 잘 쓸지 더 고민해봐야겠다. 그동안 돈을 쓰지 않아서 이런 생각을 깊이 해보지 않았던 것 같다. 나에게 정말 중요한 게 무엇인지, 중요한 가치를 위해서 나에게 돈이 어떤 역할을 할 수 있는지 생각해봐야겠다. 그러면 돈에 대한 막연한 기대나 불안감은 떨칠 수 있지 않을까?

마음을 불태우는 후회스러운 일은?

친할머니가 돌아가신 지 어느덧 13년이라는 시간이 흘렀다. 바람에 코끝이 살짝 시리고, 어디선가 찬바람 냄새가 나기 시작하면 어김없이 할머니의 기일이다. 살면서 무뎌지고 익숙해지는 일이 많은데, 유독 할머니의 일은 그렇지 않은 편이다. '후회'라는 단어를 깊게 들여다보면, 수많은 일이 스쳐 지나가지만 결국엔 할머니와 함께했던 시간이 떠오른다.

나는 다섯 살 때부터 열여섯 살이 끝날 무렵까지 그야말로 지지고 볶으며 할머니와 함께 살았다. 많이 싸우고 지내면서 할머니를 미워하기도 했고, 또 좋아했다. 십여 년이 지난 지금에야 할머니의 마음 또한 나와 같지 않았을까 생각해본다.

중학교에서의 마지막 시험을 치는 하루 전날 점심을 먹으면서 할머니는 나한테 잔소리를 하셨다. "어딜 쏘다니느라 할머니 다 죽어가는 것도 모르느냐"고. 사춘기 시기였던 나는 똑 부러지게 말대답을 했다. "시험 기간이라 그런 거지. 누군 뭐 이렇게 하고 싶어서 하냐"고. 쏘아붙이고 나서 얼른 학원에 가버렸다. 그날 저녁 서울에서, 부산 곳곳에서 고모들이 모였다. 며칠 전 아파서 할머니는 몇 군데 병원에서 검사했고, 그 결과가 아주 좋게 나왔기 때문이다.

다음 날 아침, 거짓말처럼 할머니는 돌아가셨다. 갑작스러운 할머니의 죽음에 한동안 온 가족이 충격에 빠져 지냈다. 어떻게 치렀는지도 모르는 중학교의 마지막 시험을 쳤던 날부터 긴 겨울이 시작되었다. 그렇게 약 1년 정도가 정확하게 기억나지도 않을뿐더러, 나한테는 회색빛 기억으로 남아있다.

어느 정도 충격에서 벗어났을 때쯤, 후회가 밀려들기 시작했다. 할머니와 보냈던 시간, 했던 말과 행동들이 하나씩 떠올랐기 때문이다. 할머니가 돌아가시기 몇 개월 전에 우리는 처음으로 새로 지은 아파트로 이사했다. 그 아파트는 우리 동네의 맨 위에 있었고, 우리 집은 맨 꼭대기 층이었다. 온 동네가 내려다보이는 높은 곳이었다. 나와 동생은 이렇게 큰 새집에서 살게 된 것이 마냥 기뻤다. 그렇지만 이사한 후로, 할머니는 애지중지하시던 텃밭과 더욱 멀어졌다.

할머니의 텃밭은 우리 가족이 연립주택에 살던 시절 집 앞에 있는 공터였다. 공사가 중지된 황량한 땅에 할머니는 옥수수를 심고, 상추와 깻잎을 키웠다. 부지런한 할머니는 온갖 씨앗을 구해서 우리 가족이 먹고도 남을 밭을 가꿨다. 그런 채소들을 동네 주민들에게 나눠주기도 하고, 철길 앞에 나가 다른 할머니들과 함께 팔기도 하셨다. 주말이면 아빠와 함께 물을 떠다 나르는 노동을 하느라 투정을 부리는 날도 많았지만, 나는 알이 몇 개 없어도 입안에서 톡톡 터지는 할머니의 옥수수가 제일 달고 맛있었다.

이사를 하면서 텃밭과 멀어졌다. 아이들 걸음으로 30분을 걸어야 새집에서 밭에 갈 수 있었다. 그 거리를 할머니는 아픈 허리를 숙인 채로, 곳곳에 앉아 쉬어가며 1시간씩 걸려서 다녀오곤 했다. 한 시간을 걸어 밭일하고, 또 한 시간을 걸어오는 일을 점점 더 버거워했다. 그나마도 돌아가시기 얼마 전에는 하지 않으셨다. 기억나는 할머니의 모습은 베란다 창가에 앉아 동네를 내려다보는 것이다. 높은 곳에서 자주 가보지 못하는 텃밭을 그리워하셨을까.

가족들이 각자의 일에 집중하는 동안 할머니는 서서히 할머니의 일들을 잃어갔다. 나는 할머니의 말처럼 '무얼 한다고 할머니가 다 죽어가는 것'도 몰랐다. 당시에 나에게는 할머니보다 '잘나지도 않은' 나의 공부가 우선이었다. '가족보다 더 우선하는 공부 같은 건 없음'을 할머니는 가혹하게 가르쳐 주셨다.

돌아보니 후회란 '기본'을 다하지 않을 때 생겨나는 것 같다. 누구라도 쉽게 하지 못할 일이라면 굳이 후회가 생기지도 않는다. 그렇지만 아주 당연한 것을 하지 않거나 무시한 결과로 생긴 일에 꼭 후회가 따르는 것이다. 내가 할머니에게 조금 더 관심과 애정을 갖지 못했던 것처럼. 또 '아프다'라고 말하는 할머니에게 말대답했던 것처럼. 같이 저녁을 먹으려고 기다리는 할머니에게 짜증을 냈던 것처럼.

나는 이제 나만 알던 사춘기 소녀가 아니다. 그래서 가족에게 무턱대고 짜증을 내지 않으려 노력한다. 그리고 이제는 누군가가 '아프다'라고 말하면, '힘드시죠?'라고 말할 줄도 안다. 그런데 이제 할머니는 없다.

chapter

2

꿈모닝,
기적이 필요한 당신을 위하여

• 기성준 •

기성준   미라클팩토리 대표로 전 세계를 다니며 꿈을 전파하는 작가로 살고 있다. 글을 쓰는 일의 중요성이 나눔이라는 생각에 책을 통한 공동체를 3년째 운영 중이다. 기적이 필요한 사람들에게 기적 같은 순간을 선물하는 글을 쓰고 있다. 독서법 분야의 베스트셀러 작가로 연간 300회 이상의 독서와 꿈을 전하는 강연 활동을 하고 있다. 《기억독서법》 외 3권의 책을 집필했다. 강사로서 작가로서 또 경영가로서 가지는 혼을 느낄 수 있다.

기적은 감사로부터 시작된다!

미라클팩토리는 책을 읽고, 토론하는 독서모임에서 시작되었습니다. 책을 읽고 그 내용을 나누다 보니 모임 분위기는 아무래도 정적인 경우가 많았습니다. 그런 미라클팩토리가 어느 순간부터 활발해지는 시기가 있었습니다. 인원이 늘어나는 것을 시작으로 모임에 참여하는 사람들의 얼굴이 활기가 생기고, 심지어 온라인에서 소통도 뜨거워졌습니다.

모임을 활발하게 만든 것은 다름 아닌 '감사'였습니다. '감사'라는 주제로 책을 읽고 각자 개인의 감사를 나누기 시작한 적이 있습니다. 모임에서 감사를 나누고, 온라인에서도 감사를 나누고, 감사가 일상이 되면서 모임이 활발해지기 시작했습니다. 감사를 나누기 시작하니깐, 감사한 일이 계속 생기기 시작했습니다. 모임 공간이 생기고, 저의 첫 책이 출간되고, 유명한 작가들이 미라클을 찾아오기 시작했습니다.

어제는 출간기념회가 있었습니다. 모임에 참여자들이 책을 출간하고, 축하파티를 열어주는 공간이 되어서 너무 감사했습니다. 출간기념회 전에 가성비 영어를 출간한 박소윤 작가님과 잠시 대화를 나누는 시간을 가졌습니다. 독서모임을 통해 변화된 것과 지금 하고 있는 일에 관한 이야기, 여러 이야기를 나누었습니다.《백만장자 시크릿》이라는 책을 읽고 모임을 만들어서 스터디를 진행했고, 그 모임에서도 책을 읽고 감사를 나누었는데, 그 시기에 좋은 일들이 일어나기 시작했다고 합니다. 독서모임을 통해 나눈 감사가 책을 출간하게 하고, 지금 리딩리더아카데미를 운영할 수 있는 원동력이 되었다고 합니다.

아픔이 있는 곳에 감사가 있습니다. 저는 20대 초반에 우연히 건강검진을 받는 도중 목에 종양이 발견되었습니다. 정밀검사가 필요하여 긴 주삿바늘을 목에 찔러 넣어 검사를 했습니다. 1주일 뒤, 정밀검사 결과가 좋지 않게 나왔습니다. 악성종양, 암이라는 판정을 받았습니다. 그 소식을 들은 어머니는 눈물을 흘리고 말았지요.

20대 초반에 찾아온 암은 너무 갑작스러운 일이었습니다. 한 달 만에 수술하고, 6개월 동안 병원 생활을 하게 되었습니다. 하루에 주사를 맞는 횟수가 10번이 넘었습니다. 식사를 마치고 주사를 맞으면, 잠이 몰려와 쉬어야 하는 의미 없는 시간을 보냈습니다. 그 시기에 감사하게도 책을 만났습니다. 교회에서 운영하는 이동도 서관이 1주일에 한 번 병원을 방문했습니다. 바퀴가 달린 책장을 두 사람이 끌고 와서 책을 빌려주었습니다. 여러 병실을 돌고 오는 터라 책의 권수는 제한이 있었지만, 그래도 저에겐 단비와 같은 존재였습니다.

병원 생활을 하면서 저에게 독서는 생존을 위한 도구였습니다. 주사를 맞고 잠이 오는 시기에도 책을 읽으려고 부단히 노력했습니다. 손가락으로 눈을 뜨게 하고, 스스로 뺨을 때리기도 했지요. 빌린 책을 반납해야 하니깐 중요한 문구는 연습장에 항상 옮겨 적었습니다. 그렇게 6개월 동안 읽은 책이 100권이나 됩니다. 33살 밖에 되지 않은 제가 3권의 책을 집필하고 전국을 다니며 강연을 하게 된 힘이 20대 초반 병원에서부터 시작된 것입니다. 암 수술과 6개월간 병원 생활은 갑작스럽게 찾아온 아픔이었지만, 이 계기를 통해서 독서를 만나게 되고, 제 삶을 이끄는 힘이 되어주고 있습니다.

하루하루가 무의미하고 희망이 없던 병원 생활에서 어떻게 하면 감사를 할 수 있을까 고민한 적이 있습니다. 감사 노트를 작성하기도 하고, 하루를 마무리하면서 감사일기도 작성했습니다. 하루를 시작할 때 미리 감사하기도 했습니다. 잠시 산책하러 나갈 때, 한 걸음을 내디딜 때마다 "감사합니다"를 속으로 말하기도 했습니다. 하루에 감사를 100번 외친 적도 있습니다.

감사를 제일 많이 외치는 방법은 '숨쉬기 감사'입니다. 이것은 제가 감사를 여러 가지 방법으로 실천하면서 찾아낸 방법입니다. 숨을 들이실 때 "감사합니다"를 마음속으로 말하고, 숨을 내쉴 때도 "감사합니다"를 마음속으로 말하는 것입니다. 아마도 이 방법이 '감사'를 제일 많이 하는 방법이지 않겠냐는 생각이 듭니다.

감사는 삶의 불안감을 몰아내고, 희망을 불어넣어 줍니다. 매일 감사를 실천하면서 이 세상에서 내가 할 수 있는 일이 무엇이 있을까 하는 고민을 하기 시작했습니다. 내 삶이 누군가의 희망이 될 수 있다는 꿈을 품기 시작했지요.

저의 책을 읽고 희망을 품는다는 연락을 종종 받습니다. 제 강연을 듣고도 연락을 주시는 분들도 있습니다. 아마도 누군가는 이 글을 읽고 희망을 가질 수도 있습니다.

"아픔의 크기가 사명의 크기다"를 전파하고 계시는 저의 스승인 DID 송수용 대표님 말씀처럼 아픔의 크기가 클수록 감사의 크기가 그만큼 더 클 수 있습니다.

저를 지도한 대학스승님은 과거에 암 수술을 했다는 이야기를 듣고 "보너스 인생이네?"라는 표현을 했습니다. 보너스로 받은 인생임에도 불구하고 아직도 제 삶엔 불평이 많습니다. 입으로 불평이 나올 때마다 손바닥으로 입을 때리곤 합니다. 보너스로 받은 인생이기 때문에 더 소중하기 때문이지요.

지금 자신의 삶을 불평하게 하는 아픔과 상처가 무엇인가요? 혹시 그 아픔과 상처가 자신을 고립되게 하지 않으신가요? 그것을 극복할 방법은 바로 '감사'입니다. 감사는 아픔을 이기게 하고, 희망의 삶을 살 수 있게 합니다. 감사가 그대의 삶을 춤추게 할 수 있습니다.

2

시도하지 않으면 아무것도 할 수 없다

《시도하지 않으면 아무것도 할 수 없다》라는 제목을 가진 지그 지글러 작가의 책이 있습니다. 나는 이 말을 좋아합니다. 도전하지 않고 후회하는 것보다 도전하고 후회하는 것이 훨씬 더 낫다는 것을 인생의 목표로 삼고 있습니다. 지금의 인생 목표와 달리 어릴 적에 나는 도전적이지 않았습니다. 오히려 어떤 일을 시도하려고 하면 부정적인 생각이 앞서 그만둔 적이 많았습니다.

고등학교 1학년, 첫 학기에 반장이 되고 싶었는데 어머니의 반대로 나가지 못했습니다. 집이 가난하고, 어머니가 바쁘다는 여러 가지 이유가 있었던 것 같습니다. 집안 환경 탓인지 몰라도 어릴 적 나는 무슨 일을 시도하려고 하면 잘 안 될 것 같았습니다.

이런 부정적인 생각을 이겨내고 싶었습니다. 이 시기에 멘토를 통해서 독서를 하기 시작했고, 실패하더라도 도전하고자 하는 마음가짐이 생겼습니다. 2학년이 되어서는 반장이 안 되면 자퇴를 하겠다는 말을 어머니께 전한 뒤 반장선거에 나갔습니다. 후보발표에서 실내화 한 짝을 손에 들고 헌신하겠다는 포부를 전하고는 반장이 되었습니다. 몇 달 전 우연히 만난 고등학교 동기가 그때 모습을 기억하며 당시에 뭐라도 될 놈이라고 생각했다고 합니다.

20대 중반, 한 달 동안 정부 기관에서 교육연수를 받은 적이 있습니다. 교육연수는 서울에서 진행되었고, 한 달 뒤에 다시 부산으로 내려가는 일정이었습니다. 정부 기관을 통해 받은 교육연수도 의미가 있었지만, 또 다른 의미 있는 일을 하고 싶었습니다. 몇 가지 고민을 하다가, 예전부터 세웠던 버킷리스트 중 하나인 서울에서 부산까지 자전거 종주를 하기로 마음먹었습니다.

서울에서 자전거를 구매하고, 교육일정이 끝나면 한강을 종주한다거나 남산을 자전거 타고 올라가는 훈련을 했습니다. 연수는 7월 말에 마무리가 되었고, 더위가 최고 절정에 이르던 시기였습니다. 뉴스에서는 폭염주의보가 계속 발표되고, 주변에서 걱정하기 시작했습니다.

"지금 이 더위에 자전거를 타고 부산까지 갈 수 있겠어?"

"누가 이 더위에 자전거를 타고 다니냐?"

"야, 오늘 더위에 누가 쓰러졌다는데?"

도전에 앞서 사람들의 걱정하는 소리를 많이 들었습니다. 그런데 사람들의 말은 전혀 문제가 되지 않았습니다.

'과연 부산까지 자전거 종주를 할 수 있을까?'

'불볕더위에 사람들 쓰러지는데, 이 더위를 이겨낼 수 있을까?'

'암 수술 한 경험도 있는데, 자전거로 괜히 무리하는 건 아닐까?'

사람들의 말소리보다 무서운 것이 내면의 소리였습니다. 내 마음속 부정적인 생각들이 나를 붙잡기 시작했습니다. 지금이라도 포기할까 하는 생각을 조금은 했던 것 같습니다. 시도하고 후회하는 것보다 시도하지 않고 후회하는 것이 더 크다는 것을 느꼈기에, 무엇보다도 이런 기회가 다시 올 수 있을까 하는 생각이 더 컸습니다. 무엇보다도 사람들의 꿈과 희망을 가지고 달리고 싶었습니다. 서울에서 부산까지 자전거 종주를 응원해주는 사람들, 내가 후원하는 아이들, 암 수술을 통해 힘들어하고 있는 분들의 희망이 되어주고 싶었습니다.

자전거 종주를 시작하면서 걱정거리는 아무런 문제가 되지 않았습니다. 누가 이 날씨에 자전거를 타느냐는 질문에 마치 뺨을 치듯이 자전거 종주 길에는 수많은 사람이 있었습니다. 자전거 동호회부터 연인들도 보이고, 심지어 노부부도 보였습니다. 뜨거운 날씨 속에서도 자전거 종주를 하는 그들의 모습을 보면서 도전하길 잘했다는 생각이 들었습니다.

만약에 자전거 종주를 하지 않았더라면, 지금 이런 글도 못 썼을 거라는 생각에 흐뭇합니다. 자전거 종주를 시작으로 스카이다

이빙에도 도전했고, 탈북어린이들과 놀이 등산가기, 통일 레인저라는 만화제작 등 다양한 도전거리를 만들었습니다. 그리고 이렇게 작가가 되었습니다.

어떤 일에 도전을 망설이고 있다면, 도전하라고 당당하게 말하고 싶습니다.

"걱정거리가 발목을 붙잡고 있다면, 당신과 같이 고민을 하다가 도전하는 수많은 사람이 있다는 사실을 깨닫기를 바랍니다. 혹시 도전하는 사람이 없다면, 물속에 먼저 뛰어드는 퍼스트 펭귄이 되십시오. 당신의 도전을 통해 수많은 사람이 도전할 것입니다."

놓치고 싶지 않은 나의 꿈

"빨리 가려면 혼자 가고, 멀리 가려면 함께 가라"라는 말이 있습니다.

나는 20대 시절, '빨리 가야 한다'라는 생각이 먼저였습니다. 마치 폭주 기관차처럼 무조건 달리는 존재였습니다. 그 덕분인지 20대에 많은 성과를 만들어냈습니다. 통일부 장관상을 3번이나 수상했고, 정부 기관 소속으로 교육 전문 강사로 활동하기 시작하여 100여 개의 도시를 다녔습니다. 《독서법부터 바꿔라》라는 책을 출판하게 되었고, 아침마당이나 TV 프로그램에 종종 출연하기도 했습니다.

이렇게 많은 성과를 내고, 열심히 달리고 있는 시점에 어떤 코칭프로그램에 참여하게 되었습니다. 나와 같이 독서법에 관한 책을 출간하신 권위 있는 분에게 코칭을 받게 되었습니다. 그분은 나의 이야기를 듣고는, "왜 그렇게 빨리 가려고 하느냐?"라는 질문을 던져주었습니다. 그 질문이 앞만 보고 달려가고 있는 나의 뒤통수를 후려친 것 같았습니다.

나에게 한번 스스로 질문했습니다.

'내가 무엇을 위해 달리고 있는지….'

'왜 이렇게 빨리 가려고만 하는지….'

20대에는 '책이 한 권 출간되면 좀 더 나은 삶이 되겠지…'라는 생각이 들었습니다. 강연 요청에 바쁜 일과, 경제적으로 조금 풀리겠다는 생각이 들었습니다. 처음 책이 출간되고는 아무 일도 일어나지 않았습니다. 바쁘지도 않고, 경제적으로도 풀리지도 않았습니다.

'나는 무엇을 위해 달리고 있는가…?'

감사하게도 부족한 나에게는 함께하는 이들이 있었습니다. 독서모임을 만들고, 강연과 프로그램을 기획하게 되었습니다. 《기억독서법》을 공동으로 집필한 진가록 작가의 경우는 2010년부터 인연이 시작되었습니다. 20대에는 통일 활동을 함께했고, 30대가 되어서는 독서교육으로 인연을 이어가고 있습니다. 진가록 작가와 이야기를 나누며, 어릴 적부터 부모님의 동료들과 그들의 자녀들과 함께한 추억이 많은 것을 알게 되었습니다. 지금도 종종 만나 식사를 함께한다는 이야기를 들으면 나에게는 이런 추억이 없어서 부럽기만 합니다.

지금 나에게 "무엇을 위해 달려가고 있나요?"라고 질문을 한다면, "지금 나와 함께하는 이들과 멀리 가는 꿈을 가지고 있습니다."라고 대답하고 싶습니다. 어떤 방법으로는 아직도 찾고 있지만, '평생 하고 싶은 일'보다, '평생 함께하고 싶은 사람'이 더 중요하다는 사실을 깨달았습니다.

미라클팩토리 장소를 대관해주는 이정훈 대표님과는 오랜 인연이 있습니다. 20대 시절, 대학기관의 사회복지사로 일을 할 때 그분은 저의 상관이었습니다. 20대와 30대의 제 모습을 보면서 늘 응원을 보내주고 있습니다. 어느 날, 지나가는 말로 "만약에 성준이가 혼자 활동을 했으면 더 빨리 컸을 것이다"라는 말을 한 적이 있습니다. 운영이 어려운 독서모임 같은 것을 하지 않고, 혼자 활동을 했더라면 더 큰 성과를 올렸을 것이라는 뜻입니다. 저는 이 말을 들으면서 후회하지 않았습니다. 오히려 '멀리 가려고 준비하고 있구나.'라는 생각에 기쁘기만 했습니다. 저에게 '놓치고 싶지 않은 꿈'은 '놓치고 싶지 않은 인연'입니다.

최근 미라클팩토리가 주식회사 법인으로 설립이 되었습니다. 독서모임이 주식회사가 되는 기적이 일어났습니다. 독서모임 3년 동안 성장하면서 만든 성과입니다.

지난 3년 동안 독서모임을 대표하는 책도 나오고, 이렇게 공동저서도 나오고, 작가들 탄생과 스타강사들 배출, 무엇보다도 33살인 제가 어린 나이에 주식회사 대표가 되었습니다. 저 역시 독서모임에 참여자로 시작하여, 독서모임을 통해 기적의 주인공이 되었습니다.

앞서 사람들의 말처럼 혼자 했으면 더 빨리 이루어졌을지도 모르는 일들입니다. 하지만 함께하는 이들이 있었기에 더 안정적이고 기쁨이 두 배나 큰 것 같습니다. 무엇보다도 더 큰 꿈을 꿀 수 있을 것 같습니다.

지금도 수많은 독서모임이 생겨나고 있습니다. 큰 비전을 가지는 것보다 중요한 것은 함께하는 사람들입니다. 혼자서 무엇을 해보는 것보다 함께 성장하고 함께 꿈꾸는 것이 중요합니다. 함께하는 사람을 놓치지 마세요. 혼자서 너무 빨리 가려고만 하지 마시고, 함께하는 사람들과 함께 성장하세요.

혹시 이 글을 읽고 있는 사람 중에 혼자서 빨리 가려고 하는 분들에게 이렇게 한 번 질문하고 싶습니다.

"왜 그렇게 빨리 가려고 하세요?"

내 인생의 열정으로 이끌
책을 만나기 위해…

책은 사람과의 만남입니다. 책과 만남에도 인연이 존재합니다.
어울리는 사람과 소개팅 자리를 주선하는 것처럼 누군가에게 꼭
소개해 주고 싶은 책이 있습니다. 소개팅 한 번으로 결혼까지 가
는 경우와 같이 소개받은 책이 누군가의 인생 책이 되는 경우도 있
습니다.

반면 소개팅을 여러 번 하더라도 만남이 이어지지 않는 사람도
있습니다. 책도 마찬가지로 누군가의 가슴을 울리기도 하고, 누군
가의 인생을 바꾼 책이라 할지라도 자신과 인연이 아닌 경우도 있
습니다. 사람과의 만남이 누군가에게는 인연이 되고, 누군가에게
는 인연이 되지 않는 것처럼 책도 이와 같습니다.

20대 초반, 대전에 있는 누나 집에 놀러 간 적이 있습니다. 지금
은 작가가 되고, 독서법 강연가로 활동하면서 누나보다 독서량이

훨씬 많습니다. 반면 10년 전에는 누나가 책을 더 많이 읽었던 것 같습니다. 누나 집 책장에서 우연히 책 한 권을 발견했습니다. 그 책을 읽는데 마음속 감동이 되어 책을 안 접을 수가 없었습니다. 빨리 읽고 싶은 것과 나중에 필사하고 싶은 마음이 공존했습니다. 책을 다 읽고 보니 책을 접은 표시가 너무 많았습니다. 책을 읽을 때 절대 접지 않는 누나는 내가 읽은 책을 보고는 화를 냈습니다. 내 기억으로는 누나에게 새 책으로 한 권 줬던 걸로 기억합니다.

저는 그 책을 집으로 들고 왔습니다. 우연히 만난 책이 저의 인생 책이 되었습니다. 매년 새해를 시작할 때 읽게 되는 책이 되었고, 프로젝트나 사업기획을 시작하기 전에 읽는 책, 명절 때도 찾아 읽는 책, 심지어 결혼하고 떠난 신혼여행 중에도 읽은 책입니다. 10년 전에 만난 책이 어느덧 50독을 넘어버렸습니다. 1년에 5독을 하게 되는 책이 되었습니다. 지금도 짧은 여행길에는 이 책을 손에 들고 갑니다. 어느덧 나와 단짝이 되었습니다.

누나 집에서 우연히 만난 책과 같이 저를 열정으로 이끈 책들이 많습니다. 독서모임에서 만났거나 도서관이나 서점에서 우연히 만난 책들입니다. 나름대로 30권의 목록을 작성했습니다. 심리가 불안해지거나 슬럼프가 찾아오면 이 책들을 손에 잡습니다. 가끔 이 책들을 인터넷 서점에서 검색을 해보면 절판되는 경우가 있습니다. 그 모습을 보면서 제가 너무 대중적이지 않은 책들만 읽지 않으냐는 의구심이 든 적이 있습니다.

이 의구심은 한 기업의 대표가 진행하는 강연을 듣고는 단번에 사라졌습니다. 그는 베스트셀러가 된 책들을 제외하고는 서점에 있는 책들은 절판이 되니 책을 사서 봐야 한다고 말했습니다. 그 뒤로 절판된 책을 오히려 소중하게 생각하면서 줄곧 책은 사서 보고 있습니다.

《변신》의 저자 카프카는 1904년 책의 머리말에 이런 말을 넣었습니다.

우리가 읽은 책이 우리 머리를 주먹으로 한 대 쳐서 우리를 잠에서 깨우지 않는다면, 도대체 왜 우리가 책을 읽는 거지? 책이란 무릇, 우리 안에 있는 꽁꽁 얼어버린 바다를 깨뜨려버리는 도끼가 아니면 안 되는 거야.

꽁꽁 얼린 마음을 단번에 깨뜨려버리는 책이 존재합니다. 누나 집에서 우연히 발견한 한 권의 책이 나의 마음을 깨뜨려버린 책이었습니다. 사실 이런 책을 만나기란 쉽지 않습니다. 인생을 바꾼 책을 만나기 위해서는 다독이 필요합니다. 책을 많이 읽는다는 것은 말라버린 내 영혼에 생기를 불어넣는 것입니다. 다독은 얼어버린 내 마음을 녹여 줍니다.

독서를 본격적으로 시작할 때, 책을 읽는다는 것을 자랑한 적이 있습니다. 심지어 책을 읽지 않는 사람을 무시한 적도 있습니다.

내가 읽은 책들을 자랑하고, 내가 읽은 책의 권수를 자랑한 적이 있습니다. 지금 생각하면 참 부끄러운 일입니다.

나는 책 읽는 방법을 배우기 위해 80년이라는 세월을 바쳤지만, 아직도 잘 배웠다고 할 수 없다.

이 말은 평생 118권의 책을 집필한 괴테가 말한 것입니다. 책을 어설프게 읽은 사람들이 아닌 진정한 고수는 결코 자랑하지 않습니다. 책을 읽을수록 모르는 것이 많다는 것을 새삼 깨닫기 때문입니다. 책은 사람을 겸손하게 만듭니다.

때론 누군가의 인생을 바꾼 책이라고 하지만, 내 인생을 바꾸지 못할 수도 있습니다. 반대로 내 인생을 바꾼 책이라 할지라도 다른 사람의 인생을 바꿀 수 없을 수도 있습니다. 그러기에 책을 읽는 것을 자랑하지 말고, 조급해할 필요도 없습니다. 또 누군가의 인생을 바꾼 책인데 이해하지 못하는 것을 자책할 필요도 없습니다. 겸손한 마음으로 꾸준히 책을 읽는 자만이 위대한 사람이 될 수 있습니다. 내 인생의 열정으로 이끌 책을 만나기 위해 독서를 시작해 봅시다. 오늘도 내일도 평생 꾸준히 책을 읽어봅시다. 우연히 만난 책 한 권이 내 인생을 바꿀 책이 될 수 있습니다.

매년 갱신하는 나눔의 이력서를
공개합니다

나눔은 우리를 '진정한 부자'로 만들며, 나누는 행위를 통해 자
신이 누구이며 또 무엇인지를 발견하게 된다.

_테레사 수녀

작가가 되고 나서는 이력서 작성을 자주 하게 되었습니다. 강연
을 요청받을 때마다 요청서류 중 하나가 이력서이기 때문입니다.
이력서는 취업을 위한 서류가 보편적이지만, 작가의 이력서는 조
금 다릅니다. 기본적으로 신상정보와 함께 약력, 강의 활동 외에도
방송 출연과 관련 기사 내용까지 작성해 놓습니다. 책을 쓰는 작
가이자 강연하는 강사로 직업 자체가 창의적인 영역이니깐, 이력
서의 제한은 없습니다. 오히려 독특한 것이 더 매력적인 이력서가
될 수 있습니다. 저의 이력서에는 '나눔'의 경력을 더 추가해서 넣

습니다. 저만의 독특성이라고 할 수 있겠지요.

저는 독서모임을 통해서 나눔에 입문했습니다. 독서콘서트에 참여하여 기아대책 해외어린이 결연을 시작했습니다. 결연과 함께 직접적인 나눔 활동을 할 방법이 무엇일까에 대해서 고민을 했습니다. 2012년도에는 '웰컴투통일동산'이라는 프로그램을 기획했습니다. 부산 지역 탈북민자녀들과 함께 놀이동산을 가는 프로그램이었는데, 서울에서 대전, 대구, 부산, 제주도에서 봉사자들이 참여하고 300만 원의 후원금까지 모였습니다.

연애를 시작하면서는 매달 5만 원씩 적금을 들어서 1주년 기념일에 맞춰 컴패션에 60만 원을 기부했습니다. 기부 덕분에 컴패션에서 감사장을 받고 기념 축하를 한 기억이 납니다. 기부와 봉사는 결혼하면서도 계속 이어졌습니다. 결혼식 축의금을 통해 탈북민 자녀들과 함께 파티를 열었습니다.

결혼 1주년 기념으로는 부산 지역 백혈병 아이들을 찾아가서 준비한 책과 편지를 나눠주고, 병원 앞에 있는 시장에 가서 떡볶이를 먹었습니다. 지금도 이 떡볶이를 세상에서 가장 맛있고, 아름다운 떡볶이라고 자랑을 하고 있답니다. 결혼 2주년이 되어서는 독서모임과 SNS를 통해서 기부금을 받았습니다. 300만 원 이상의 금액이 모여서 탈북민 자녀들을 위한 아동센터에 도서관을 설립했습니다.

저는 무엇을 위해 살고 있는가를 항상 고민하게 됩니다. 윈스

턴 처칠은 "우리는 일로써 생계를 유지하지만, 나눔으로 인생을 만들어 나간다."라는 말을 했습니다. 처칠의 말을 돌아보며 '생계를 유지하는 삶인가? 인생을 만들어가는 삶인가?'를 늘 스스로 질문합니다.

'놓치고 싶지 않은 나의 꿈, 나의 비전'이라는 말처럼, 저는 '나눔'이라는 말을 놓치고 싶지 않습니다.

세상의 모든 사람은 '여유'가 있을 때, 누군가를 돕겠다는 말을 합니다. 과연 나눔을 할 수 있는 시기는 언제 올 수 있을까요? 시간적 여유가 있을 때는 재정적 여유가 없고, 재정적 여유가 있을 때는, 시간적 여유가 없는 삶을 살고 있습니다. 인생의 진정한 여유는 죽음을 맞이하여 누운 관에서 누릴 수 있지 않겠냐는 생각도 하게 됩니다. 누군가를 돕는 것은 '여유'가 있을 때 하는 것이 아니라 지금 내가 할 수 있는 일들을 나눠주는 것입니다.

"기억하라, 만약 내가 도움을 주는 손이 필요하다면 너의 팔 끝에 있는 손을 이용하면 된다."라는 오드리 헵번의 말처럼 내가 할 수 있는 선에서 돕는 것이 진정한 나눔입니다.

그런 의미에서 매년 나눔의 이력서를 갱신하려고 합니다. 내가 도울 수 있는 선에서 도움을 줄 수 있는 곳을 찾습니다. 이런 마음을 품고 있을 때 좋은 인연이 생겨서 나눌 기회가 생겼습니다. 그 기회들이 저의 나눔 이력서에 계속 채워지고 있습니다.

올해는 캄보디아에 와서 쁘레이쁘롬이라는 시골을 섬기는 젊은 선교팀과 인연이 되었습니다. 20대 중반에 들어와 10년 동안 한 마을을 섬기고는 이제는 2번째, 3번째 개척지를 만들고 있습니다. 그리고 캐슈너트 나무농장을 위해서 4만 평의 땅을 구매했다고 합니다. 이 농장을 통해서 캄보디아의 가난한 사람들을 돕고, 자족하고 살 수 있도록 도우려고 계획하고 있습니다. 앞으로 이곳을 도울 방법을 한 번 찾아보려고 합니다.

헬렌 켈러는 "남을 위한 인생을 살 때, 가장 감동적인 인생이 되는 것을 나는 발견했다."라고 말했습니다. 인생을 살아가면서 내가 아닌, 남을 도울 때 비로소 나 자신을 바라보게 됩니다. 그래서 저는 지금도 누구를 도울지 고민합니다. 올해는 미라클을 통해서 캄보디아를 돕는 것을 시작으로 더 많은 곳을 도우려고 합니다. 미라클과 함께하는 사람들이 가장 감동적인 인생을 찾을 수 있게 하고 싶기 때문입니다.

앞으로 저와 함께하는 모든 사람의 이력서에는 나눔의 이력이 들어갈 것입니다. 저와 함께하는 모든 사람이 나눔을 통해 가장 감동적인 인생이 될 것이기 때문입니다. 우리의 인생을 통해서 누군가의 생명을 살릴 수 있다면, 그 인생만큼의 아름다운 인생이 어디 있을까요?

보다 나은 삶을 살고 싶다면, 선한 일을 하라.

_톰래스

나와 함께하는 사람을 먼저 사랑하세요

"인생의 덕목이 무엇인가요?" 최근 유튜브 방송을 운영하면서 친분이 있는 작가님들을 만나 인터뷰를 하고 있습니다. 인터뷰를 진행하며 '인생의 덕목'에 대해서 질문을 했습니다. 작가님들의 다양한 대답 중 '사랑'이라는 답하는 분들에게 깜짝 놀랐던 경험이 있습니다.

강연코칭으로 유명한 송수용 대표는 강사의 정의를 강연을 통해 '사랑'을 전하는 것이라고 했습니다. 단순히 콘텐츠와 정보만 전하는 사람은 프로가 아니라는 것입니다. 시간과 비용을 투자해서 강연을 들으러 온 청중들이 필요로 하는 것이 무엇인지, 어떤 것이 결핍이 있는지 고민하고, 연구하여 강연하는 것이 진정한 강사입니다.

사랑을 만들어낸다는 것은 혁명입니다. 왜냐하면, 사랑할 만한 것을 만들어내기 위해서는 그 대상을 날마다 깎고 다듬어 더욱 아름답게 만들어내야 하기 때문입니다. 그러니 사랑은 놀랍고 힘들 수밖에 없습니다. 그러나 사랑은 이 세상에서 가장 빛나는 것입니다. 만일 이 세상에서 해야 할 단 한 가지 혁명을 꼽으라면 그것은 사랑하는 것입니다.

_《나는 이렇게 될 것이다》에서

구본형 작가는 사랑을 만들어내는 것 자체가 혁명이라고 합니다. 저는 이 말에 동의합니다. 사랑이라는 존재는 유형으로 표현하거나 만들어질 수 있는 존재가 아니기 때문입니다.

사랑이라는 것을 확인하기란 참으로 어렵습니다. 돼지저금통에 동전이 가득 차면 배를 갈라 그동안 모인 금액을 확인하는 것처럼 사랑을 셀 수 있는 존재가 아닙니다. 컵을 들이대면 물이 나오는 정수기처럼 사랑이 버튼 하나에 콸콸 쏟아지는 것도 아닙니다.

누군가에게 사랑을 받는 것보다 차라리 은행에 가서 돈을 대출받는 것이 더 쉬울 것입니다. 내가 필요한 돈이 얼마인지, 그 돈을 대출받을 수 있는지, 대출을 받는 데 필요한 것이 무엇인지 은행에 가면 확인할 수가 있습니다. 그러나 사랑은 도대체 얼마나 필요한지, 사랑을 위해서 무엇을 해야 하는지를 알 수가 없습니다. 그녀의 마음을 돈이나 명품가방 따위로 얻을 수 없는 것과 마찬가지입니다.

사랑보다 더 가치 있는 일은 없습니다. 그런 의미에서 사랑의 깊이는 분명 인생의 깊이입니다. 그러면 어떻게 사랑을 표현할 수 있을까요? 벤저민 프랭클린은 "사랑받고 싶다면 사랑하라. 그리고 사랑스럽게 행동하라"라고 말합니다. 내가 줄 수 있는 사랑과 내가 받을 수 있는 사랑은 알 수가 없지만, 벤저민 프랭클린의 말처럼 우리는 사랑을 받고 싶은 만큼 사랑하는 존재가 되어야 합니다. 사랑받듯이 사랑하면, 우리가 하는 행동들 모두가 사랑스러울 것입니다.

인류를 사랑하는 것은 분명 필요로 하고 중요합니다. 그러나 인류를 사랑하기 전에 해야 할 과제가 있습니다. 나와 함께하는 사람들을 먼저 사랑하는 것입니다.

chapter
3

꿈모닝, 작가, 강사
그리고
미라클팩토리 스튜디오 PD

• 하진형 •

하진형　　미라클팩토리의 유튜브 채널 운영 PD로서 강사로서 다재다능을 겸비한 작가이다. 최근 애플 공식 인증 영상편집 자격증을 취득함으로써 PD로서의 전문성이 한층 업그레이드되었다. 삶의 중요한 가치가 있다면 흔들리지 않고 밀고 나가는 강단을 보여주는 그의 주장은 온전한 그의 삶으로 드러난다. 하진형 작가가 쓴 글은 유튜버로서 작가로서 많은 이들에게 함께 가는 법에 대해서 나누는 글이 된다.

열정은 꿈의 에너지 연료다

꿈을 이루기 위해서 열정은 매우 중요한 요소다. 열정을 통해 당신이 성공하느냐, 실패하느냐가 갈린다. 열정은 꿈의 출발점이자 성공의 출발점이기 때문이다. 열정은 당신의 꿈을 움직이게 하는 에너지가 된다. 그렇지만 열정은 꿈의 전부가 될 수 없다. 많은 사람은 열정만 있으면 자신의 꿈이 이루어지리라 믿는다. 착각이다. 열정은 꿈을 실현하는 데 있어 중요한 요소가 되지만 전부가 되지는 않는다. 우리의 열정은 한계가 있다. 끊임없이 솟아나는 에너지가 아니다. 사랑에도 충전이 필요하듯 열정에도 충전이 필요하다. 그래서 우리는 열정을 낭비해서는 안 되고, 남용해서도 안 된다. 필요한 곳에, 필요한 때에 적절히 사용해야 한다.

나는 직장생활을 처음 시작할 때 엄청난 열정을 소유하고 있었다. 대학 4학년 2학기 조기 취업에 성공했던 터라 열정이 가득 차다 못해 넘쳐흐르고 있었다. 수업을 잘하는 교사가 되고 싶었고, 학생들과 잘 어울리는 교사가 되고 싶었다. 그렇게 좋은 교사가 되기 위해 무엇이든 열심히 했다. 심지어 학교 사정이 어려워져 월급이 50% 삭감되었을 때도 열정을 불태웠다. 하지만 하얗게 불태웠던 나의 열정은 오래가지 못했다. 자동차도 가속 페달을 세게 밟으면 연료가 금방 소진되듯이 나도 너무 앞만 보고 달리던 터라 에너지가 금방 소진되고 말았다. 엎친 데 덮친 격으로 그 당시 만나던 여자 친구와 헤어지게 되면서 더 많은 에너지가 소모되었다. 열정 게이지에는 늘 빨간 불이 들어와 있었다.

더 앞으로 나갈 수 없는 상태였다. 충전이 필요했다. 한 달이라는 시간 동안 괴로워하며 앞으로 나갈 수 없던 나의 모습을 나 스스로가 보게 되었다. 어떻게 하면 충전을 할 수 있을까 고민하며 나의 멘토 기성준 작가를 찾아갔다. 기성준 작가는 '독서'라는 충전 방법을 알려주었다. 1년에 한 권의 책을 읽을까 말까 한 나였던 터라 독서라는 방법이 그리 반갑지 않았다. 다른 뾰족한 수를 찾을 수 없었기 때문에 울며 겨자 먹기로 책을 한 권, 한 권 읽어나가기 시작했다. 놀라운 일이었다. 독서를 통해 나의 열정이 충전되기 시작했다. 독서를 통해 수많은 사람을 만나고, 긍정의 말들을 보며 나도 모르게 회복되었다. 그렇게 시작한 독서는 그해 155권의 책을 읽게 했고 다시 열정 게이지는 가득 차게 되었다. 그 뒤로는 나는 열정을 필요한 곳에, 필요한 때에 쓰는 법을 터득했고, 열정을 남용하지 않는다.

당신의 열정은 어떠한가? 당신의 열정 게이지에 열정이 얼마나 차 있는가? 열정이 가득 차 있거나 적당히 차 있다면 다행이다. 그 열정을 남용하지 않길 바란다. 필요한 곳에, 필요한 때에 적절히 잘 쓰길 바란다. 반대로, 열정이 바닥 나 있는가? 당신은 충전이 필요하다. 당신만의 충전 방법이 있다면 그 방법대로 충전하길 바란다. 당신만의 충전 방법이 없다면 충전 방법을 찾아야 한다. 먼저, 당신의 상태를 그 누구보다 객관적으로 바라봐야 한다. 자신의 상태를 점검해야 한다. 혼자서 하기 힘들다면 다른 사람에게 찾아가 도움을 받아도 좋다. 가끔은 내 주변 사람들이 내 상태를 나보다 더 잘 알 때가 있다. 충전 방법을 알게 된다면 그 즉시 충전하길 바란다. 당신은 지금 주저앉아 있기에 너무나 아까운 시간을 보내고 있다. 시간은 우리를 기다려주지 않는다. 지금 당장 충전하여 다시 달려가도록 하자.

열정을 충전하는 방법과 남용해서는 안 되는 법을 알았다면 그 열정을 어디에 쓸지도 고민해봐야 한다. 나는 독서를 통해 얻은 열정을 첫 번째로 여행에 써보았다. 독서를 통해 내 삶을 돌아보니 하고 싶은 일들이 많았던 내 과거를 보게 되었다. 예전 같았으면 포기하고 시도조차 못 할 일들이었는데 뭔가 알 수 없는 자신감이 생기기 시작하면서 할 수 있다는 믿음이 생기기 시작했다. 그 믿음은 온전히 나 자신을 향한 스스로의 믿음이었다. 그 믿음을 토대로 오래전부터 꿈꾸던 유럽 여행을 떠나기로 마음먹었다. 그 당시 받던 급여를 고려하여, 한 달에 50만 원씩 1년 모으면 한 달 유럽 여행을 갈 수 있다는 계산을 했다. 그렇게 해서 1년 동안 매달 50만 원씩 모았다. 그렇게 반년을 모았을 때 유럽행 왕복 비행기 티켓을 구매할 수 있었고, 여행 계획을 짜면서 예약해야 할 것들을 예약했다. 여행 계획 세우기가 체질에 맞지 않은 사람도 있지만, 다행스럽게도 나는 여행 계획을 짤 때 너무 즐거웠다. 그리고 여행 계획과 함께 다니고 있던 회사를 그만둘 계획도 했다. 2년 동안 잘 다니던 직장이었지만 젊은 시절 더 많은 도전을 하고 싶었기에 여행과 함께 퇴사도 계획했다. 그렇게 반년이 더 흘러 여행을 떠나는 날이 되었고 그전부터 회사에 말하여 퇴사 절차를 거쳤다.

런던으로 향하는 비행기를 탈 때 한편으로 두려움도 느꼈지만 설레는 마음과 후련한 마음이 더 크게 느껴졌다. 한 달간 유럽 여행을 하며 책과 영화에서만 보던 곳들 위주로 다녔다. 내 삶에 가장 여유로운 순간이었다. 바쁘고, 빡빡하게 사는 것을 스스로 주문했던 한국에서의 삶이 생각났다. 나 자신에게 해를 가하는 일을 했다는 생각이 들었다. 그래서인지 그 여유가 좋았다. 한 달 동안 영국, 프랑스, 체코, 스위스, 이탈리아를 둘러보고 한국으로 돌아왔다.

여행 마지막 기간에 한국으로 돌아가면 무엇을 할지 고민했다. 답은 한 가지였다. 내가 잘하고, 좋아하는 일이 무엇인지 찾아보기였다. 한국에서만 생각해 볼 것이 아니라 외국에 나가도 좋다는 생각도 했다. 한국에 돌아와서도 고민을 하며 지냈다. 여러 사람을 만나 대화를 나누기도 하고, 적성검사를 하기도 하고 취업 정보들을 찾아보기도 했다. 딱히 구미가 당기는 일이 없었다. 그러던 중 유럽에서 느낀 여유가 생각났다. 다시는 나 자신을 압박하지 말아야겠다는 다짐을 하고 한국으로 돌아왔는데 그 다짐은 금방 잊혀 취업이라는 명목으로 나 자신을 다시 옥죄고 있었다.

다시 여유를 갖자 다짐했다. 젊음을 활용할 수 있는 일을 하고 싶었다. 그런 일이 무엇이 있을지 고민하다 워킹홀리데이 정보를 보았다. 만 30세 전 나이로 내가 원하는 나라에서 살아보는 일. 너무나 매력적이었다. 영어권 나라에 가서 살아보는 것 또한 하고 싶었던 일 중에 있었기 때문에 워킹홀리데이는 그 당시 나를 사로잡았다. 주변 친구 중 호주로 워킹홀리데이를 다녀온 친구도 있었고, 대학 후배 중 한 명이 호주에서 워킹홀리데이를 떠나 있었다. 이 두 명에게 정보를 쉽게 얻을 수 있었고 한번 도전해볼 만하다고 생각했다. 문제는 부모님이었다. 호주로 워킹홀리데이를 떠난다니 부모님께서 걱정이 되셨는지 반대하셨다. 그러나 나는 부모님의 반대에도 불구하고 호주 워킹홀리데이 떠날 준비를 했다. 계속해서 부모님을 설득한 끝에 부모님께서도 찬성하셨고 그렇게 나는 호주로 워킹홀리데이를 떠났다.

먼저 호주에 가 있는 후배 덕분에 일자리와 사는 집을 쉽게 구할 수 있었다. 호주 퀸즐랜드주의 작은 도시인 '워릭'이라는 도시에서 살았다. 그곳에 있는 소고기 공장에서 일하게 되었고 소고기 포장하는 일을 했다. 우리나라와 비교도 안 되는 높은 임금과 자유는 호주 생활에 금방 적응할 수 있게 해주었다. 돈을 모아 차를 사 타고 다니기도 했고, 주말이면 브리즈번이나 골드코스트에 가 호주 문화를 즐기기도 했다. 크리스마스와 새해가 있는 2주 동안은 공장에서 휴가를 주어 시드니로 여행을 가기도 했다. 모든 것이 계획대로 이루어지는 순간들이었다. 이 행복이 호주에서 계속 이어질 줄 알았다. 하지만 반년이 지난 후에 나의 모습은 너무나 달랐다. 겉모습은 같았다. 여전히 공장에 나가 일을 하며 돈을 벌었고, 주말이면 외국인 친구들과 파티를 하거나 다른 도시로 여행을 떠났다.

그러나 나의 내면은 어느 순간부터인지 무너지고 있었다. 그 무섭다는 향수병에 걸려 우울증 증상이 찾아왔다. 스스로 견뎌내기 힘들었다. 주변 사람들에게는 아무렇지 않은 척했지만 나 자신에게는 그것이 지독한 거짓말이었다. 스스로 끊임없이 괜찮다는 거짓말을 했다. 이 거짓말도 오래가지 못했다. 호주 생활 8개월 차가 되었을 때 나는 한국행을 선택했다. 호주 친구들은 너무 극단적인 선택이라며 한국에 잠깐 다녀오라고 했지만 나는 편도 비행기 티켓을 샀다. 요즘 말로 표현하면 노빠꾸 마인드였다. 같이 살던 호주인 집 주인아저씨도 나의 선택에 놀랐지만, 나의 선택을 존중한 다는 말과 많은 격려의 말을 전해주었다. 그렇게 나는 8개월 만에 한국으로 돌아왔다.

2년의 호주 생활을 계획하고 갔기에 나의 도전은 실패였다. 인생의 성공을 맛보러 간 곳에서 실패를 경험하고 오다니 나에겐 큰 좌절감을 주었다. 한국에 돌아와 한 일 또한 전과 마찬가지로 일자리를 알아보는 일이었다. 1년이 지났지만 같은 일을 반복하고 있는 내 모습에 실망했다. 그렇게 우울한 시간을 보내고 있던 시기에 멘토 기성준 작가가 나에게 DID강연코칭을 들어보길 권유했다. 평소 멘토 말은 잘 듣던 나였기에 송수용 대표가 진행하는 DID강연코칭을 들었다. DID, 들이대라는 뜻을 가진 재미난 이름을 가진 강연코칭과정이었다. DID강연코칭은 단순한 강연코칭수업이 아니었다. 나의 삶을 돌아보게 만들고, 상처를 치유하고, 나 자신만의 스토리로 세상을 이길 수 있게 해주는 엄청난 수업이었다. 5주과정이 끝나고 나의 모습은 완전히 달라졌다. 무기력했던 모습에서 어디를 가든 자신감이 있는 모습이 되었고, 나 자신을 사랑하는 사람이 되었다. 그렇게 DID 마인드를 장착하고 기성준 작가와 함께 미라클팩토리에서 일을 시작하게 되었다.

미라클팩토리에서 다양한 경험을 하며 나는 성장 중이다. 나만의 열정을 미라클팩토리에 쏟아붓고 있다. 독서코칭, 책쓰기를 비롯해 최근에는 미라클팩토리 스튜디오 유튜브 담당자가 되었다. 미라클팩토리의 전폭적인 지원을 통해 영상편집 분야 애플공인 자격증을 따기도 했다. 앞으로 유튜브 사업을 계속 이어가고 확장 시킬 예정이다. 부산에서 유튜브 교육과정을 열어 제작자를 크리에이트 하는 나 자신이 될 것이다. 그리고 영상촬영과 편집을 계속해서 공부하여 영상 분야의 전문성도 계속 증진시킬 계획이다. 기성준, 진가록, 하소현 이 세 명의 작가들과 함께라면 어떠한 일도 기적적으로 해낼 수 있다. 그것이 나의 열정의 에너지 원천이 된다. 열정과 함께 기적을 써 내려갈 것이다. 당신의 열정은 어떤가? 당신만의 열정으로 어떤 기적을 써갈 것인가? 당신만의 열정으로 당신만의 기적을 써 내려가길 바란다.

내 가슴을 뛰게 하는,
새벽을 깨우게 하는 꿈이란?

　내 가슴을 뛰게 하는 꿈과 새벽을 깨우게 하는 꿈은 '축제와 같은 삶을 사는 것'이고, 다른 사람들에게도 이 꿈을 전하고 싶다. 나는 요즘 내가 하는 일을 시작할 때면 내 꿈을 매번 외치고 시작한다. 그럴 때면 정말 가슴이 뜨거워지고 심장박동수가 올라간다. 오늘도 어떤 축제가 나를 기다려주고 있을까? 오늘은 어떤 사람들과 함께 축제를 즐길 수 있을까?라고 생각하며 하루를 시작하는 시간, 설렘을 느낀다.

　내 꿈을 '축제와 같은 삶'으로 정한 계기에는 레오나르도 다빈치의 말이 나에게 엄청난 영향을 주었기 때문이다. 엄청난 영향을 주다 못해 나의 삶을 뒤바꿔놓았다. 독서를 시작하게 되고, 책 속에서 그를 만나게 되었다. 그의 삶을 내다볼 수 있었다. 그러다 그가 했던 말이 나의 삶을 바꾸기 시작했다.

나는 세상에 도움이 되는 존재가 되기 위해 끝없이 노력할 것이다. 나는 어떤 고된 노동에도 지치지 않을 것이다. 타인을 위한 봉사도 마찬가지다. 절대로 지치지 않을 것이다. 이게 바로 나의 축제와 같은 삶을 위한 모토다.

_레오나르도 다빈치

어떤가? 얼마나 멋진 말인가? 이 말을 만나기 전 나는 세상을 바꾸는 사람이 되고 싶었다. 에디슨, 스티브 잡스, 빌 게이츠처럼 세상을 바꾸는 일에 크게 기여하지 않더라도 내 삶을 통해 세상이 조금이라도 바뀐다면 참 좋겠다는 꿈을 가지고 살았다. 그러나 레오나르도 다빈치의 이 말을 만나고 나서는 명확한 꿈을 꿀 수 있었다. 내 삶을 평생 이끌어갈 인생 문구를 만난 것이다.

'축제와 같은 삶'은 어쩌면 추상적인 꿈이다. 뚜렷하지 않고 선명하지 않다. 그러나 나는 이 꿈을 뚜렷하고 선명하게 바꾸기 위해 노력한다. 그러기 위해서는 먼저 레오나르도 다빈치의 말을 살펴보아야 한다.

첫째, 세상의 도움이 되는 존재가 되어야 하고, 이를 위해 끝없이 노력해야 한다. 둘째, 어떤 고된 노동을 하더라도 지치지 않아야 하며, 이와 마찬가지로 타인을 위해 봉사할 때도 지치지 않아야 한다.

나는 이 말을 현재 나의 상황에 비추어보았다. 세상에 도움이 되는 존재가 되기 위해 이 일을 하고 있는가? 이를 위해 끝없이 노력하고 있는가? 어떤 고된 노동에도 지치지 않을 자신이 있는가? 타인을 위한 봉사에도 지치지 않고 기꺼이 할 수 있는가? 끊임없이 나 자신에게 질문을 던졌다. 그리고 이 질문들은 지금도 계속해서 스스로 던지고 있다. 늘 'YES'라는 대답을 하고 싶지만 사실 그렇지 않을 때가 많다. 그럴 때면 스스로 반성하고 매일매일 새롭게 다짐한다.

다른 사람들에게 나의 꿈에 대해 말할 때면 많이들 오해한다. '축제와 같은 삶'이라는 말만 들으면 요즘 유행하는 '욜로(YOLO – You Only Live Once)'의 삶을 추구하는 줄 알기 때문이다. 실제로 내 삶을 돌아볼 때 이런 오해를 받아도 이상하지 않을 법하다. 멀쩡히 다니던 직장을 그만두고 유럽 여행을 떠났고, 유럽 여행을 다녀와서는 외국에서 살고 싶다며 호주로 떠났기 때문이다. 그리고 지금은 작가가 되겠다며 글을 쓰고 있으니 충분히 욜로족이라 생각할 수 있다. 그러나 나의 이런 선택들엔 다 이유가 있었고, 목적 있는 선택이었다.

나의 20대 목표는 '다양한 경험을 통해 세상을 보는 눈을 가진다.'이다. 다양한 경험은 직접적인 경험과 간접적인 경험 모두를 포함한 경험이다. 20대는 말 그대로 '젊음'을 상징하는 시기이다. 그래서 나는 나의 젊음을 이용해 세상에 부딪혀보고 싶었다. 이 경험을 통해 세상을 더욱 넓게 보고 싶었고, 나와 '틀리다'가 아니라 나와 '다르다'라는 시선으로 세상을 바라보고 싶었다.

20대 이후로도 나는 10년 단위로 인생계획을 세웠다. 이렇게 할
때 좀 더 나의 꿈을 구체적으로 만들 수 있었기 때문이다. 인생계
획 세우기는 일본 최고 IT기업인 소프트뱅크 손정의 회장을 책을
통해 만나면서 시작할 수 있었다. 손정의 회장은 19세에 자신의 인
생 50년 계획을 세웠다. 그리고 그 계획을 그대로 실행했다. 그를
닮고 싶었다. 그래서 그를 따라 해보았다.

손정의 회장의 인생계획 50년

20대: 자신의 이름을 알린다.

30대: 사업 자금을 모은다.

40대: 큰 승부를 건다.

50대: 사업을 완성시킨다.

60대: 다음 세대에 경영권을 넘긴다.

손정의 회장은 실제로 20대에 소프트뱅크를 창업했다. 30대에
증시에 상장하고 야후에 투자하여 야후 재팬을 설립했다. 40대에
초고속인터넷을 도입하고 보다폰 K.K를 인수했다. 50대에 소프트
뱅크를 아시아의 대표 정보통신기술 기업으로 만들었다. 2018년
그의 나이 현재 59세다. 1년 뒤, 2019년에 그는 60대에 접어든다.

지금까지 그의 행보를 지켜본 결과, 그의 60대 계획 '다음 세대에 경영권을 넘긴다'도 그대로 실행할 것이라 예상된다.

나의 인생계획 50년

20대. 다양한 경험을 통해 세상을 보는 눈을 가진다.
30대. 인생 비전에 맞는 전문가가 된다.
40대. 전문가를 뛰어넘어 베테랑이 된다.
50대. 교육 분야 사업을 완성한다.
60대. 후대 양성에 힘쓰고, 해외 봉사로 노년의 삶을 시작한다.

나의 인생계획 50년을 세우고 나니 '축제와 같은 삶'을 생각할 때 구체적인 일들이 떠올랐다. 그래서 10년 단위의 계획을 1년 단위로 다시 쪼개어 계획을 세웠다. 그리고 계획대로 살아가려 노력하고 있다. 이렇게 노력할 때 나의 삶은 정말 축제로 변하기 시작했다. 남들은 축제로 바라보지 않더라도 나는 나만의 축제를 매일 즐기고 있다.

기적 공장은 나의 꿈을 실현하는 꿈의 공간이다. 미라클팩토리를 통해 많은 꿈을 꾸게 되었지만 그중 최고의 꿈은 작가가 되는 것이다. 많은 사람에게 나의 이야기를 전하고 싶다. 지금은 비록 이렇게 공동저서에 나의 이야기를 짧게 쓰지만 언젠가는 공동저서가 아닌 나의 책을 쓰고 싶다. 그러기 위해 나는 끊임없이 노력한다. 좋은 사람들을 많이 만나는 일과 독서를 통해 영감을 얻으려 노력한다. 책은 자신이 마음만 먹으면 쓸 수 있다고는 하지만 이것이 전부가 될 순 없다. 많은 것들을 보고, 배우고, 느끼며 자신의 것으로 만들어야 한다. 작가라는 나의 꿈이 매일 나를 설레게 하기에 나는 매일 노력할 수 있다. 나의 책이 축제와 같은 삶의 지침서가 되길 바란다.

돈으로 바꿀 수 없는 가치

돈으로 바꿀 수 없는 가치를 생각할 때 많은 것들이 떠오른다. 꿈, 도전, 행복, 성공 등 말할 수 있는 것들은 무수히 많다. 그러나 나는 굳이 한 가지를 고르라면 사랑이라 말하겠다. 사랑이야말로 정말 돈과 바꿀 수 없는 최고의 가치다.

사랑은 언제나 오래 참고

사랑은 언제나 온유하며

사랑은 시기하지 않으며

자랑도 교만도 아니하며

사랑은 무례히 행치 않고

자기의 유익을 구치 않고

사랑은 성내지 아니하며

진리와 함께 기뻐하네

사랑은 모든 것 감싸주고

바라고 믿고 참아내며

사랑은 영원토록 변함없네

믿음과 소망과 사랑 중에

그중에 제일은 사랑이라

_〈사랑은 언제나 오래 참고〉, 정두영

성경의 사랑장에 있는 말씀이지만, 사랑을 생각할 때면 늘 떠오르는 게 이 노래다. 이 노래만큼 사랑을 가장 잘 표현한 말이 없다. 나는 사랑은 이 노랫말과 같다고 생각한다. 사랑은 모든 제한을 극복시키고, 어떤 환경, 문제들이 있다 하더라도 그것을 초월하게 만든다. 사랑은 단순히 이성과의 사랑만 말하지 않는다. 부모와 자식 간의 사랑만 말하지 않는다. 사랑의 범위는 무한하다 할 정도로 광범위하다. 우리는 사랑을 실천하며 살아야 한다. 행동으로 보여주는 사랑을 나타내야 한다.

우리가 누리고 있는 많은 것들은 모두 사랑에서부터 시작되었다. 세종대왕의 애민정신이 없었다면 훈민정음은 만들어지지 않았을 것이다. 스티브 잡스와 빌 게이츠의 IT 사랑이 없었다면 우리는 아직도 2G 휴대전화를 사용하고 있었을 것이다. 이 외에도 우리 주변의 모든 것들은 사랑에 의해서 발견되었다. 나 또한 사랑을 늘 내 삶 속에서 실천하고자 노력한다. 먼저는 내 꿈에 사랑이 있는 가? 내 행복에 사랑이 있는가?라는 질문을 나 자신에게 한다. 사랑 없는 꿈을 가지고 싶지 않다. 사랑 없는 행복을 가지고 싶지 않다. 사랑의 삶을 살고 싶다. 세상 모든 것을 사랑하고 싶다.

　사랑을 실천한다는 다짐만으로는 내 삶에 사랑이 가득하게 만드 는 것은 참 어려운 일이다. 나는 사랑이라 생각하며 하는 말과 행 동은 모두 사랑으로 나타나지 않는다. 나에겐 사랑이 타인에겐 사 랑이 아닐 수 있다. 때론 무의미한, 무성의한 표현의 하나가 되기 도 하며, 때론 폭력이 되기도 한다. 그래서인지 사랑을 실천하는 것, 사랑을 준다는 것, 사랑으로 가득 찬 삶을 산다는 것이 정말 어 려운 일임을 깨닫게 된다. 어쩌면 이것이 내 평생의 과제이지 않을 까 생각한다. 사랑이란 말을 들으면 가슴이 벅차고, 설레기도 하 지만 격하게 발버둥치며 사랑을 실천하고 싶고, 나도 모르게 사랑 이 아닌 폭력을 행할 때면 너무 괴롭기 때문이다. 그럴 때 인류 역 사상 최고의 절대적 사랑을 보인 예수를 생각할 때면 한없이 작아 지고 부끄러워진다. 예수와 같을 순 없겠지만 그의 모습에 새 발의 피만큼이라도 닮고 싶다.

　당신은 평소 사랑에 대해 어떤 생각을 하며 살아가고 있는가? 당 신에게 사랑이란 무슨 의미인가? 사랑에 대해 당신만의 정의를 한 번 내려 보길 바란다. 요즘 시대는 사랑을 말하길 싫어 한다. 말한다 하더라도 육체적 쾌락이나 얕은 의미의 말들로 사랑을 말한다. 사랑뿐만 아니라 생명, 도덕, 철학, 역사 등의 부분에서도 마찬가지다. 우리가 늘 깊게 고민하고 개선해나가야 할 주제들로 대화는 죽어가고 있다. 대화가 조금이라도 길어지고 분위기가 무거워지면 불편함을 느낀다. 특히나 청소년들에게 이런 주제의 대화는 최악의 대화가 된다. 비속어 중의 하나인 '꼰대'가 되기에 십상이다.

대학 시절 한 교수님께서 자신의 독일 유학 시절 이야기를 들려주신 적이 있다. 지도 교수가 저녁 식사를 요청하면 무조건 참석해야 한다고 했다. 사제 간의 예의 때문이 아니라 그 식사자리가 하나의 수업이기 때문이다. 식사 시간에는 지도 교수가 수업 시간보다 편안하게 자신의 학문적 소견을 이야기하므로 대화가 시작되면 자신도 모르게 노트를 꺼내어 필기했다고 한다. 그 당시에는 이 이야기를 들을 때 저렇게 대화하면 밥이 코로 들어가는지 입으로 넘어가는지 모르겠다며 엄청 불편한 자리일 거라 생각했다. 그러나 지금은 나도 한번 그런 식사 자리를 가져 보길 희망한다.

주변 지인들이나 친구들과 대화를 나눌 때 필기까지는 아니더라도 한 가지 주제 대해 감정이 앞서기보다는 타당한 논리에 근거하여 깊은 대화를 나누는 문화가 다시 보편화하길 희망해 본다. 요즘 유행하는 맛집에 찾아가 사진을 찍고 SNS에 공유하는 문화를 비판하는 것이 아니다. 두 가지 병행하는 문화가 자리 잡는다면 자신의 삶을 깊고 넓게 바라볼 수 있게 될 것이고, 계속해서 개선해

나갈 수 있을 것이다.

 "사랑받고 싶다면 사랑하라, 그리고 사랑스럽게 행동하라." 미
국 사람들이 존경하는 인물 중 하나인 벤저민 프랭클린의 말이다.
그의 말을 빌려 사랑을 말하자면 사랑은 받는 것이 먼저가 아니라
사랑을 주는 것이 먼저다. 사랑을 주고 사랑스럽게 행동할 때에 사
랑을 받을 수 있다. 당신은 현재 사랑을 주고만 있는 사람인가? 받
고만 있는 사람인가? 사랑을 주고만 있다면 받는 사랑이 무엇인
지 돌아보길 바란다. 사랑을 받고만 있다면 당신이 줄 수 있는 사
랑이 무엇인지 고민하길 바란다. 사랑은 주기만 하거나 받기만 하
는 일방적인 모습에서는 완성되지 않는다. 사랑은 주고받는 것이
되어야만 완벽한 모습을 나타낸다. 당신의 삶 속에 늘 사랑이 가
득하길 바란다.

지금 내 삶이 감사한 이유

우리는 매일 반복되는 일상을 살아간다. 아침에 일어나 출근 혹은 등교 준비를 하고 출근길, 등굣길에 오른다. 직장과 학교에서도 반복되는 일상을 보내는 것 또한 특별하지 않다. 가끔 찾아오는 이벤트로 특별한 날을 보내지 않는 이상 우리의 일상은 비슷한 모습이다. 당신은 이렇게 반복되는 일상 속에서 '감사'라는 말을 얼마나 하며 살아가는가? 사소한 것에도 감사하며 살아가고 있는가? 아니면 하루하루가 짜증과 불만으로 가득 차 있는가? 주변을 돌아보면 우리는 감사하지 못할 이유보다 감사할 수 있는 이유를 더많이 찾을 수 있다. 더 많이 가지지 못해 당신은 불행하다 느끼는가? 남들과 비교했을 때 보다 좋은 삶을 살지 못해 감사할 이유를 찾지 못하고 있는가?

나는 나름 일상 속에서 작은 행복을 느끼려 노력하고 사소한 것에 감사하며 살아간다. 노력하는 중에도 하루하루가 감사로 가득 차진 않는다. 몸과 마음이 지칠 때나 가끔 몰려오는 부정적인 생각에 휩싸일 때면 짜증과 불만을 폭발시키곤 한다. 지인들은 이런 나의 모습에 다크진형이 깨어났다며 농담을 한다.

2018년 3월도 여느 때와 같은 일상을 보낼 때였다. 이때는 내가 다크진형의 모습을 하고 있을 때라 짜증과 불만이 가득 차 있는 시간을 보내고 있었다. 그런 나의 일상에 이벤트가 찾아왔다. 직장에서 10일간 캄보디아와 홍콩으로 여행을 떠나는 것이었다. 단순히 관광을 하러 가는 여행이 아니라 캄보디아 선교지 투어와 홍콩 한인교회 독서캠프를 하는 목적이 있는 여행이었다. 여행을 좋아하는 나에겐 더할 나위 없이 좋은 이벤트였다. 짜증과 불만으로 뒤덮인 나의 일상을 변화시킬 좋은 계기였다. 들뜬 마음으로 여행 준비를 했고 3월 마지막 주 나는 캄보디아 시엠 립으로 향하는 비행기에 올라탔다.

캄보디아 홍콩 여행은 정말로 나의 일상을, 삶 전체를 바꾸어놓았다. 짜증과 불만이 가득한 나의 모습을 감사가 넘치는 모습으로 바꾸었다. 특별히 캄보디아에서 선교 활동을 하는 선교사들의 모습을 보고 많은 것을 깨달았다. 그래서 이 글을 빌려 캄보디아 선교사들의 이야기를 전해주고자 한다.

4일간 캄보디아에 머물며 그곳에서 선교 활동을 하는 김정민 선교사를 만났다. 앙코르와트로 유명한 캄보디아 시엠 립. 그곳에서 2시간가량 차를 타고 내려오면 캄퐁톰이란 지역이 나온다. 캄퐁톰에서도 시골 마을인 쁘레이쁘로에 찾아가면 김정민 선교사를 만날 수 있다.

김정민 선교사는 10년 전, 단기 선교팀의 일원으로 그곳에 처음으로 방문했다고 한다. 그가 처음 본 쁘레이쁘로의 모습은 정말 충격적이었다고 한다. 물 한 방울 제대로 나지 않는 땅, 먹을 것도 제대로 없어 개구리를 잡아먹는 마을 사람들의 모습이 그가 처음 본 쁘레이쁘로의 모습이었다. 단기선교의 특성상 오래 머물지 못하고 한국으로 돌아왔다. 그러나 그의 머릿속에는 캄보디아 쁘레이쁘로 사람들의 모습이 잊히지 않았다고 한다. 그렇게 결정한 그의 첫 번째, 다짐. '1년 만 그곳에 돌아가 내가 할 수 있는 일들을 해보자.' 그렇게 그는 쁘레이쁘로로 돌아왔다고 한다.

그가 돌아와 처음으로 한 일은 천막을 펴고 그곳의 아이들을 교육하는 일과 우물 파기였다. 천막 옆에 우물을 팠는데 물이 나오기 시작했고 그 물이 10년 넘게 나와 마을 사람들의 생명수가 되었다고 한다. 1년만 있어 보자고 한 그의 다짐은 어느새 4년째 그곳에 머물게 했고, 그를 지켜보던 한국 교회에서는 그를 정식 선교사로 파송했다. 그렇게 그는 10년째 쁘레이쁘로에 거주하고 있다. 그곳에서 현지 사람들과 함께 터전을 이루어 같이 먹고, 마시며 삶을 나누고 있다.

천막에서 시작한 작은 한글학교는 교회가 되었고, 교회 중심으로 주변이 한글학교와 보건소, 숙소로 변했다. 총 1,500평의 부지로 제1선교지가 완성되었다. 이에 멈추지 않고 그는 3,000평 부지에 제2선교지를 만들었고, 지금은 제3선교지에 터를 마련하여 공사하고 있다. 그리고 제4선교지에는 특별히 캐슈너트 나무농장을 만들고 있다. 캐슈너트 나무는 묘목을 심은 후 3년이 지나야 경작이 가능하다. 그렇게 경작한 캐슈너트 열매를 베트남에 팔면 한화로 1년에 약 3,000만 원가량의 수입이 생긴다고 한다. 이 일을 통해 김정민 선교사는 자신이 배를 채우는 것이 아니라 그 땅의 가난한 마을 사람들에게 돌려주고자 한다. 그곳의 사람들이 가난에서 벗어나 자급자족할 수 있기 때문이다. 김정민 선교사를 통해 기적이 일어나고 있다.

제3선교지를 차에서 내려 직접 걸으며 탐방했다. "선교는 걷는 것부터 시작입니다."라고 말하는 김정민 선교사는 시골 마을에 한번 걸어보면서 좋은 땅을 살펴보고, 이들에게 무엇이 필요한지 고민해보기 시작한다고 한다. 그리고 그 마을에 들어가 살기 시작하면서 마을 사람들에게 필요한 것들을 만들어준다고 한다.

이런 김정민 선교사의 열정에 감동하여 함께하는 이들이 있다. 석덕수 선교사와 이유미 선교사이다. 이들 또한 김정민 선교사와 같이 이 땅을 처음 보고 돌아갈 때 발걸음이 떨어지지 않았다고 한다. 그렇게 그 땅에는 세 명의 선교사가 헌신하며 그 땅을 변화시켜나가고 있다.

20대, 30대 젊음의 열정을 캄보디아 땅에 쏟고 있는 김정민 선교사, 그리고 그에 뜻에 함께하는 석덕수, 이유미 선교사 이들은 아직 미혼이다. 결혼적령기임에도 불구하고 오롯이 그 땅을 생명의 땅으로 변화시키고자 하는 열정으로 그곳에서 일하고 있다. 이런 모습을 보고 돌아오니 주변 사람 중 선교에 관심 있는 사람을 소개해 주고 싶기도 하다.

"나 자신이 이 땅에서 죽어야 선교가 완성된다"라는 김정민 선교사의 말 속에서 충분히 그의 열정을 느낄 수 있었다. 그리고 열정을 넘어 그것이 그의 꿈인 것임을 알 수 있었다. 성경에서 예수는 제자들에게 추수할 것은 많되 일꾼이 적다고 말한다. 김정민 선교사 또한 이처럼 말한다. 자신이 있는 이 땅에 일할 것은 많은데 일할 사람이 너무 적다고 말하며, 한국의 젊은이들이 이 땅에 들어와 생명을 살리는 일에 동참했으면 한다. 혹시라도 이 글을 통해 캄보디아의 모습이 궁금해진다면 방문 목적이라도 그곳에 가보길 추천한다. 당신이 기독교인이든, 비기독교이든, 하물며 다른 종교를 가지고 있더라도 아무 상관없다. 종교색을 배제하고 당신이 느낄 수 있는 많은 것들이 있을 것이다. 당신이 할 수 있는 일들이 많을 것이다. 당신의 작은 결심 하나로 많은 생명이 살아날 것이다.

chapter
4

사랑을 전하는
심리치유사

· 김혜경 ·

김혜경　　"우리 부부는 남들이 느낄 아이의 3년짜리 행복을 오랜 시간 그리고 더욱
진하게 느낄 수 있는 행운의 부부입니다."
심리 미술로 여러 사연의 사람들의 마음에 연고를 발라주는 심리치유사. 멋진 두 자녀
와 사랑이 가득한 남편을 둔 그녀는 자신의 아이를 위해 심리치유 공부를 시작했다. 그
러나 어느 순간 행복의 깊이와 진한 맛을 타인에게도 나누고 안아주는 사람이 되었다.
도전이라는 떨림을 결국엔 즐거움으로 치환시켜 나아가는 그녀는 당신과 그 아이의 마
음을 안아준다.

최근에 가장 행복했던 순간

행복이라는 말을 떠올리니 아주 거창하고 대단한 단어라는 생각이 든다. 그래서 조금 쉬운 의미로 기분 좋았을 때로 바꾸어 보았다. 덕분에 편하게 쓸 수 있을 것 같다.

저번 주에 ㅇㅇ센터에 수업을 갔다. 11명의 장애인과 4명의 보조 선생님이 함께하는 마음 미술 수업이다. 주제는 '내 맘의 무지개'이다. 마침 비가 오고 있었다. "비가 오면 맘이 어때요?"라고 물어보자 "슬퍼요"라고 하신다. "비가 그치면 기분이 어떨까요?"라고 물으니 "좋아요"라고 해주신다. 다양한 감정 표현이 어려운 분들에게 이 정도의 반응이면 엄청 수업에 도움이 된다. 내 얼굴이 환해진다. 기분이 좋다.

어느덧 수업이 한창이다. 어떤 분은 바닥을 기어다니기도 하지만 대부분 도화지에 무지개를 그리고 있다. 처음 본다는 파스텔의 여러 가지 느낌을 알기 위해 마른 종이에 눕혀서 또 세워서 선을 그어보고 휴지로 번지게도 해 본다. 고운 무지개가 되었다. 작품은 이름을 적고 잘 모아 둔다. 아직 시간이 많이 남았다. 선생님들이 의아해하는 표정을 서로 살짝 교환한다.

사실 진짜 수업은 지금부터다. 다시 도화지를 가져오고 분무기로 물을 뿌려 준다. 모두 신났다. 직접 뿌려 보라고 분무기를 준다. 선생님들이 처음엔 깜짝 놀라셔서 당황한다. 시간이 지나 선생님이 더 신나게 물을 쏘아댄다. 애든 어른이든 장애가 있든 없든 물 쏘기는 신나는 놀이인가 보다. 보고 있자니 나의 기분이 좋다.

물을 뿌려 축축한 종이에 다시 파스텔을 눕혀 넓은 무지개를 그린다. 복습이라 도움이 훨씬 줄어 자유로워졌다. 이제 붓에 물을 묻혀 그림을 자유롭게 그려준다. 색깔이 번지기도 하고 섞이기도 하고 엉망진창이 되기도 한다. 보다 못한 선생님들이 "그러면 안 되고 여기 예쁘게 해야지"라고 한다.

"선생님, 예쁜 그림은 이미 만들어 두었으니 걱정하지 마세요. 이 무지개는 찢어질 때까지 맘껏 색칠해 보는 자유 그림입니다. 찢어지게 그리는 것이 잘 한 겁니다."

내 말이 끝나자 모두 신이 났나 보다. 빡빡! 물 묻힌 붓을 그림 위에 저어 본다.

아직도 걱정스러우신지, "샘, 구멍 났어요!"라고 말한다. "와! 드디어 구멍이 났네요. 축하해요. 자, 여러분 열심히 구멍을 내어 보아요. 확 찢어 보아요" 하며 활짝 웃어 보였다. 갑자기 모범생들은 당황한 표정을 짓는다.

"찢어야 잘 하는 거라니? 이런 일은 처음이야!"

좀 당황했지만 빠르게 상황판단을 하고 다시 신나게 물을 찍어 빡빡 문질러준다.

"아! 드디어 찢었다."

평소 때와 달리 일등을 놓쳤지만 아주 기분 좋은 얼굴이다.

"와! 너무 멋진데요?"

마지막에 가장 모범생인 분이 자신이 찢은 그림을 자신 있게 보여줬다. 그래서 모두 행복하게 웃었다.

나는 이분들과 가능한 다양한 재료를 사용하고 다양한 촉감 등을 느낄 수 있도록 수업을 하고 싶었다. 보통 분들이 하는 경험을 불편한 부분이 많아 다칠까 봐 시도도 못 해보고 느껴 보지도 못하는 부분이 많은 것이 항상 마음에 걸렸었다. 그래서 무지개를 아름답게 표현할 때도 좋았지만 억지로 힘 조절하지 않고, 마음대로 붓질을 하고 찢어져도 성공일 수 있는 시간을 준비했다. 짧은 시간이지만 조금이라도 자유로운 표현의 느낌을 경험하게 해 드린 것 같아 기분이 아주 좋다. 나는 이럴 때 참 기분이 좋다.

크리스마스보다 신나는 일은?

　새벽 5시, 아침이다. 평소 같으면 신랑(이하 종호)이 출근 준비를 할 시간인데 병원에 있는 관계로 혼자 부스스 일어난다. 정신 차리고 이불을 박차고 나오는데 10분쯤 시간이 걸린다. 아들 재우가 아침 먹고 기숙사 갈 준비를 해야 하는 월요일이다. 얼른 씻고 음식 할 재료를 내놓고 재우에게 가본다.

　애완견 토토랑 화장실로 가서 볼일을 보고 뒷정리를 한다. 토토에게 칭찬을 하고, 아침을 주고, 아들의 아침을 챙긴다. 재우는 '아침에 맵고 짠 음식이 자극적'이라고 해서 부드러운 계란찜을 했다. 잘 먹고 열심히 준비해서 6시 25분 출발했다. 잠시 정신을 차리고 딸 정은이의 아침준비를 한다. 점심때 먹을 도시락도 준비한다. 오늘은 오이를 먹고 싶다고 해서 생오이에 된장과 계란찜, 소시지와 케첩을 준비했다. 정은이는 7시에 일어나서 아침을 먹고, 어제 직접 빨고 다려둔 작업복이랑 앞치마를 정성스럽게 챙겨 넣는다. 분홍 땡땡이 도시락도 들고 기분 좋게 집을 나섰다. 이른 아침을 마무리하는데 이런 생각이 든다. 우리는 왜 아침에 일찍 일어나는 걸까? 재우는 가고 싶진 않지만 가야 해서, 약속을 지키기 위해 일어난다. 종호도 비슷해 보인다. '한 번씩은 나가서 일해야 기분이 좋다'고 할 때도 있다. 정은이는 1년 내내 배우고 싶어 하던 케이크 만들기를 가르쳐준다는 제과 제빵 학원에 가기 위해 일어난다. 엄청 신나 한다. 토토는 사랑받기 위해 일어난다. 나는 가족들의 이유를 해결하는 데 도움을 주기 위해 일어난다. 나는 가족들의 아침을 돕기 위해 일어난다. 물론 중요한 일이라고 생각하지만, 항상 즐거운 건 아니다.

그런데 사실 나는 다른 이유로 아주 즐겁게 벌떡 일어날 때가 있다. 똑같이 새벽 5시에 일어나지만, 이날은 일어나는 것 자체가 신난다. 그 이유는 토요일 새벽에 독서모임을 가기 때문이다. 종호가 더 자라고 하는데도 "응" 하고 대답하고, 문 닫자마자 콧노래를 부르며 모임 갈 준비에 신이 난다. 독서모임에 가는 날은 왜 신날까?

신나는 걸 생각하면 보통 크리스마스나 생일을 많이 떠올린다. 내겐 둘 다 별 의미는 없지만 공통으로 '선물'과 '함께하는 시간'이 있지 않을까 생각한다. 받고 싶은 선물을 받아서 좋고, 좋아하는 사람들과 함께해서 좋고. 그래서 신나는 것 같다. 독서모임이 내겐 둘 다를 주는 것 같다. 책을 읽으면서 또 다른 사람의 얘길 들으면서 내게 마음이 크는 선물을 주는 것 같다. 그리고 같은 책을 읽고 얘기할 수 있는 공감의 시간이라는 것이 너무 신난다. 아침까지 내린 결론이다.

그리고 장애인 센터에 수업을 갔다. 오늘은 자신을 알아가기 3번째 시간으로 좋아하는 것을 잡지에서 찾아 꾸며주는 콜라주 수업을 했다. 잡지를 욕심껏 가방에 넣었더니 많이 무거웠다. 바탕 지도 욕심이 나서 색깔 카드지로 준비했다. 허리 아픈 게 혹시 덧날까 봐 택시를 타고 갔다. 작년에도 콜라주를 했었는데 각자의 작품을 모아 상자 꾸미기로 단체 작품을 만들었었다. 기억하는 분이 없을 줄 알았는데 "시계가 좋아요" 하며 작년에 했던 말을 하는 분들이 있었다. 처음 온 분도 있고 해서 설명을 하고, 콜라주라는 이름을 강조했다. '이름이 재미있다'라며 한참을 웃으신다.

잡지에서 자신의 마음에 드는 부분을 찾으면 오려둔다. 어떤 분은 많이 하고, 어떤 분은 조금 하고, 어떤 분은 빨리 하고, 어떤 분은 아주 느리게 한다. 너무 느린 분을 위해 예쁜 소품들을 나도 조금 오려둔다. 정리시간이 오고 바탕지를 골랐다. 역시 5가지 색을 다양하게 선택한다. 붙이는 시간도 참 다양하다.

제일 인지력이 좋으신 두 분이 순식간에 다하고 딴짓을 하고 있다. 다가가서 이건 어떤 작품인지 물어봤다. 편안하게 질문을 던지니 편하게 대답을 해주신다.

"좋아하는 사람이랑 멋진 차를 타고 드라이브하며 여행가는 거예요."

펜을 주고 '종이 뒤에 방금 한 말을 써보라'고 했다.

"네? 적으라고요?"

"네. 글자 적으실 수 있죠? 방금 말씀 하신대로 적으시면 돼요."

그리고 살짝 자리를 비켰다. 다른 한 명에게도 똑같은 방법으로 작품에 대해 적어보도록 했다. 그런데 생각보다 너무 잘 표현을 하신다. '베트남에서 힐링하는 중. 폭포도 보면서 힐링하는 중' 자신이 원하는 것을 아는 것도 중요하고 힘든데 글로 표현하기까지 하다니. 이분들의 잠재능력을 너무 과소평가하고 있는 게 아닐까 하는 생각이 또 든다. 장애가 없는 분들에게도 이 수업이 이 정도로 진행되면 거의 성공인 것이다. 이분들이 못한 부분이 별로 없다. 두 분은 소리 내어 읽어가며 발표를 하셨다. 함께하신 분들과 선생님들의 환호성이 퍼졌다. 두 분의 얼굴이 환하게 밝아진다. 본인들도 작은 성공의 즐거움을 느끼는 것이다.

어쩌면 이 가능성들을 조금이라도 열어드릴 수 있을까? 가슴이 두근거린다. 글로 표현하기가 된다니 이걸 시도해 보아서 너무 신난다. 8회차 수업이 끝나면 함께《어린왕자》를 읽고 느낌을 그림으로 표현하고, 얘기해보는 수업을 해보고 싶다. 다양한 활동이 어려운 분들도 할 수 있게 하려면 어떻게 해야 할지 고민이다. 잊고 있던 성공의 기쁨을 느끼게 해드리고 싶다. 가슴이 뛴다.

사실 오늘 수업을 위해 콜라주 동영상을 10개 정도 보았다. 오늘 수업에서 응용한 부분도 있다. 수업 준비물을 살펴보다가 갑자기 동영상을 찾아봐야겠다는 생각이 들었다. 기성준 작가님이 평소 강의하실 때 하루 전날 그 주제에 맞는 책을 여러 권 읽고 준비하신다는 말씀을 하셨다. 나도 그래야겠다는 생각이 갑자기 들었다. 비슷한 프로그램을 많이 해봤고, 프로그램을 만드는 것 그 자체가 여러 책이나 영상을 활용하기 때문에 여기까지만 준비하면 된다고 생각했었다. 그런데 수업 전에 다시 같은 주제를 한 번 더 살펴보는 게 중요했다. 누가 시키지 않아도 더 많이 배워서 더 많이 도움을 주고 싶다. 그래서 신나는 일이 바뀌었다. 수업을 준비하고 뭔가 도움이 되었다고 느낄 때 정말 신난다.

어쩌면 내가 원하는 건 누군가에게 도움이 되는 사람이고 그 방법을 하나 더 알게 될 때 신나는 것 같다. 시간이 가고 경력이 쌓여 더 많은 도움이 될 수 있다고 생각하니 나이 먹어 가는 것도 신난다. 이러고 보니 매일이 선물이고 신나는 날이다.

인류를 위해 봉사하고 싶은 일

토요일에 스스로 만들고 함께 나누는 요리 행사가 있었다. 63
빌딩 셰프님이랑 관련 교수님들이 하루 쉬는 토요일에 봉사 오신
것이었다. 아침에 요리 시험을 진행하고 오시느라 헉헉 대며 오셨
다. 나이도 젊은 분들이 장애인 행사에 봉사를 하기 위해서 서울
에서 부산까지 오다니 참 신기했다. 하긴 봉사에는 그런 장애가 없
다. 우리 독서모임에 오는 작가님들도 해외에 봉사를 하러 가시
니 말이다.

곰두리라는 봉사단체에서 학생보다 많은 봉사자가 오셔서 부모
님은 자유롭게 사진도 찍고 간식도 먹고 하며 한가한 시간을 보냈
다. 어떤 어머니는 자신이 대신해주고 싶어서 왔다 갔다 하시는 게
눈에 보였다. 복지단체 회장님이 '혼자 할 수 있게 어머니는 물러
나시고 대신 칭찬을 해주라'고 하셨다. 장애가 있는 아이건 없는

아이건 부모로서 조금 더 해주려고 하는 마음이 생길 때가 많다.

나와 딸 정은이는 훈련이 되어 오히려 지켜보는 것이 능숙하다. 실패도 관대하게 받아들이는 편이다. 오히려 아들 재우가 규율에 맞지 않거나, 마음에 들지 않는 행동을 하면 내 표정이 변해 버리는 때가 많다. 자기 자식에게도 이렇게 표정 관리가 안 되고는 하는데, 정은이를 도와주시는 봉사자님의 행동을 보면서 많은 걸 생각하게 했다. 스스럼없이 대해주시고 위험하지 않게 배려하며 기회를 주시는 것이 보였다.

정은이와 같은 팀에 한 친구가 있는데, 뇌압에 문제가 있어 아픈 친구다. 가지를 볶다가 갑자기 정은이가 "엄마!" 하며 다급하게 나를 불렀다. 달려가 보니 그 친구가 정신을 잃고 쓰러져 있었다. 많은 사람이 음식을 하니 공기가 탁해지고, 또 불을 사용하니 긴장했나 보다. 봉사자님이랑 얼른 앉히고 머리를 잡아줬다. 곧 깨어나는 걸 알기 때문에 그나마 다행이었다. 그 친구의 어머니께서도 괜찮다고 말씀해 주셨다. 일이 분 지나 다시 즐겁게 요리를 했다. 봉사자님이 엄청 놀랐을 거라는 생각이 들었다. 그러고도 아무렇지도 않게 함께 진행해 가시는 걸 보고 참 놀라웠다.

그때 친구 어머니께서 하고 싶은 얘기가 있으신지 옆에 앉으셨다.

"봉사자분이 참 훌륭하시네요. 애가 무안하게 서 있으니, '아이고 요리 하기 힘들지? 나도 계속 음식 냄새 맡으며 서 있으니 목도 아프고 머리가 아파서 막 쓰러질 것 같다'고 해주시네요."

이 말을 통해 친구 어머니가 봉사 하시는 분에게 진심으로 감사하고 계시다는 걸 느낄 수 있었다.

진짜 고마우신 분들이다. 그냥 친구들이랑 봉사 활동하기도 쉽지 않을 텐데. 이 단체는 돈까지 내고 봉사하는 경우가 많다고 한다. 알고 보니 우리 봉사자님은 초등학생 딸을 학원 현장체험 보내고 오셨다. 서로 사진을 주고받느라 전화번호를 알게 되어 사진을 보며 이야기해 주셨다.

세상에 나쁜 사람만 가득하다는 말을 많이 한다. TV에 나쁜 이야기가 많이 나오는 영향도 있다고 생각한다. 실제로는 주위에 정말 고맙고, 감사한 분들이 더 많다. 그래서 세상은 아름답다. 내가 인류를 위해 봉사하고 싶은 일은 미술은 놀이를 통해 이야기하며 자신의 긍정적 가치를 찾는데 도움을 주는 것이다. 봉사를 제대로 해본 적이 없어서 뭐라고 해야 할지 좀 막막하다. 여하튼 봉사자님들을 보니 누구나 자신이 가지고 있는 능력으로 많은 사람에게 기쁨을 줄 수 있는 것 같다. 능력을 더 키우면 더 좋을 것이다. 그래서 열심히 살아야겠다.

지금 내 삶이 감사한 이유

우연한 기회에 "지금 나는 어떤 삶을 살고 있는가?"라는 질문을 받았다. 어리둥절했지만 인생의 중간쯤을 지나고 있는 내게는 진지하게 생각해 볼 일이라고 느껴졌다. 그리고 '나의 지금 삶은 너무나 감사함으로 가득하다'고 답해야겠다. 아마 겉으로 조건을 보면 나보다 행복하고 감사한 사람들이 참 많을 것이다. 하지만 정말 마음속에서 과거 현재 미래가 감사한 사람은 그보다는 적을 것이라고 생각한다. 보통은 나의 기억 속에 과거가 있다. 사람은 어떤 이유로 해서 기억을 왜곡하기도 한다. 자신이 왜곡한 기억을 과거로 만들어 산다. 나는 어느 부분에서 왜곡시켰는지 모르겠지만 거의 과거에 감사한 기억들로 가득하다. 언니나 동생이 그렇지 않은 얘기를 하기도 하는데 내 기억엔 없다. 언니와 동생은 인정한다. 난 그때 그런 일에 관심이 없었고 늘 뭘 하면서 놀고 있었다고. 나중심이어서 시키는 것 외에는 마음이 가는 대로 하고 살았나 보다. 좋게 보면 지금 여기에 충실한 스타일이고 다르게 보는 이에게는 개인주의자라는 말을 많이 들었다. 혹시 이게 감사한 일 가득한 과거를 만든 게 아닐까? 현재는 두말할 것 없이 너무 감사하다. 정은이가 자신이 좋아하는 걸 찾아 행복해하며 배워가는 것에 감사하다. 재우가 자신의 직분에 책임감 있게 행동하려고 하고 그 와중에도 자신이 좋아하는 것을 탐색하고 발전하기 위해 노력해가는 것에 감사하다. 신랑이 아픈데도 책임을 위해 웃으며 일하러 가는데 감사하다. 나의 삶이 얼마나 감사하고 소중한지 알고 있으니 나에게 감사하다. 그리고 내가 하고 싶은 것이 무엇인지 꿈꿀 수 있고, 노력하고 있는 내 모습에 감사하다. 나의 미래는 당연히 감사한 일로 가득할 것이다. 현재는 7초 정도이고 그 후는 미래라고 한다. 그러니 현재를 감사하게 살면 7초 후도 감사하고 그 현재가 계속 모여 7년 후도 17년 후도 감사로 가득 할 것이 틀림없기 때문이다. 이렇게 시간을 잘라 나의 삶을 볼 수 있어 또 감사하다.

조금 더 생각해 보면 하나의 정체성으로서 나의 삶을 얘기할 수도 있겠다. 심리를 다루는 어느 책에서 "과거에서 현재로 연결되는 기억이 나의 정체성을 만든다"라는 글을 읽었다. 내 삶의 전체에 연결된 기억은 뭘까? 간단하게 '상상하고 이루어지고 감사한다'로 표현할 수 있겠다.

내 삶은 전체적으로 좁은 우물 안에서 개구리들이 팔딱거리며 다양한 소리를 내는 우물 같다. 내가 굳이 우물이라고 하는 것은 더 넓은 세상을 꿈꾸기 위해서이다. 안이 있어야 밖이 존재하듯 좁은 우물에 살고 있다는 것을 느껴야 넓은 바깥을 상상하고 꿈꿀 수 있기 때문이다.

나는 상상하기를 좋아한다. 공상에 가까운 상상을 오랫동안 놀이로 여가선용 해왔다. 막연하게 상상의 세상에서 놀며 대리 만족을 한다고 생각했다. 이때는 내가 우물 속에 있는지도 몰랐다. 세상이 다 그렇고 그렇게 흘러가고 꿈을 꾸고 이루는 사람은 처음부터 따로 있다고 생각했다.

지금은 상상이 꿈으로 연결될 수 있다고 믿고 있다. 실제로 나의 상상들이 기회를 보는 눈이 되고, 또 빠르게 선택할 수 있도록 도와준다는 걸 경험으로 알게 되었다. 그래서 상상이 조금 더 구체적이고 목표지향적으로 바뀌었다. 그리고 넓은 세상을 꿈꾸게 되었다. 상상이 아니고 현실로 내게 이루어질 거라는 걸 믿기 때문이다. 이런 믿음을 가지고 산다는 것이 참 감사하다.

다른 감사한 이유도 너무 많다. 나의 주위에 감사한 분들로 가득 차 있어 감사하다. 사실 이 감사도 너무너무 커서 내가 지금 감사한 아주 큰 이유 중의 하나다. 이건 너무 많은 얘기가 있어 다음에 따로 쓰도록 하겠다. 이처럼 감사한 일 가득한 인간 김혜경의 삶 자체에 감사하다.

내가 너를 사랑함을 허하노라

당신은 자신이 사랑 받고 있다는 걸 느낄 때가 언제인가? 보통 결혼해서 신혼이 지나고 삶에 이리저리 흘러가다 보면 결혼할 때 느꼈던 불타는 사랑도 어디론가 흘러가 버린 것 같아 허망할 때가 있다. 사실 내가 그랬다. 나는 첫사랑도 둘째 사랑도 없고 처음 사귄 남자랑 결혼했다. 그는 내가 사랑이 뭔지 생각할 겨를도 없이 공기처럼 내 옆에 존재했다. 이게 잘하는 건가? 못하는 건가? 갈등만 하다가 정신 차려보니 이미 상견례까지 한 후였다. 그리고 3달 후에 결혼식이 예약되어 있었다. 신혼여행을 가서 내가 잘생긴 남자랑 결혼했다는 걸 처음 알게 되었다. 사실 뭐든 많이 늦는 편인데, 이때 눈에 콩깍지가 씌워진 것 같다. 그래서 즐거웠다.

그런데 한국에 돌아와서 보니 현실은 얼굴만 보고 살 수 있는 게 아니었다. 사실 얼굴을 하루에 1시간 정도밖에 못 본 것 같다. 그리고 임신하고 현실적인 문제로 열심히 싸우고 화해하고 또 싸우고 하면서 슬슬 지쳐갔다. 어느 날, 이 사람이랑 왜 살지? 혼자 사는 게 더 나은 것 같은데? 이런 생각이 파고들었다. 바로 헤어지는 문제로 들어갔다. 아이들은 어떻게 볼 것인가? 생활비 교육비는 어떻게 할 것인가? 부모님에게는 언제 알릴 것인가? 하나하나 채워가며 아이들을 생각하니 눈물이 났다. 그리고 밤새 계속 울었다.

그런데 계속 울며 생각하다 보니 내가 이 사람에게 받은 것도 있다는 생각이 갑자기 들었다. 예쁘이라고 불러주는 사람, 엉덩이춤을 춰주는 사람, 팔베개를 해주는 사람, 화해의 편지를 적어주는 사람. 진짜 왜 몰랐지? 혼자 밤새 스스로의 알아챔에 욕을 하고 인정하지 못한다고 돌아서 누웠다. 아침이 왔다. 그를 본다. 손가락으로 눈썹을 따라 가본다. 멋지게 부드럽다.

'그래 넌 내가 선택했다. 내가 사랑하는 사람으로. 내가 너를 사랑하는 것을 허하노라. 하하하!'

이렇게 진짜 나의 인생이 시작되었다. 20년 넘게 사랑하고 이제 알다니. 사랑은 참 어렵고 이해하기 힘들다. 그래서 나도 그가 알수 있는 사랑을 주려고 노력한다. 내가 이해할 수 없지만 그가 원하는 사랑. 그가 원하는 걸 해주는 게 진짜 사랑이라는 게 진실이라는 사실을 이제는 안다.

나처럼 오랜 시간 사랑받고 사랑하면서도 불행하다고 느끼며 살고 있지는 않은가? 만약 당신이나 주위에 그런 분이 그렇다면 나는 꼭 독서를 하라고 말해주고 싶다. 사실 내가 밤새 울고 신랑의 눈썹을 만져본 것은 나의 사랑의 언어를 확인하는 기회였다. 독서모임에서 추천한 《5가지 사랑의 언어》가 생각났기 때문이다. 책에서 서로가 느낄 수 있는 사랑은 다를 수 있다고 한다. 따뜻한 말을 해 줄 때, 맛있는 음식을 해줄 때, 선물을 줄 때, 함께 시간을 보낼 때, 스킨십을 할 때.

자기가 느끼는 언어로 사랑을 주지 않으면 아무리 사랑을 표현해도 상대방이 알지 못하고 힘들어할 수 있다는 것이다. 그래서 나의 사랑의 언어를 찾아야 내가 행복해지겠다는 생각이 들었다. 그리고 손가락이 눈썹을 지나갈 때 나의 맘이 따뜻해지는 걸 알 수 있었다. 그 후로 자주 손등도 쓰다듬고 얼굴도 만져보고 하며 나의 사랑을 채워준다. 그러다 보니 웃는 일도 더 많아지고 상대방의 사랑의 언어가 함께 있는 시간이라는 것도 알게 되었다. 이제는 50살이 다되어서 닭살 커플 소리 듣고 있다. 하하.

나의 경험처럼 사랑하는데 행복하지 않다고 느껴질 때가 있다면 자신에게 맞는 책을 찾아보자. 사실 책을 보자마자 내가 바뀌긴 쉽지 않을 것이다. 하지만 책에서 얻는 작은 것이라도 무엇인가 해답을 찾고자 할 때 실마리가 되어 주는 것이 많다. 그 실마리가 엉망으로 엉켜 있는 나의 질문들을 풀어 주기도 한다.

나는 13년 전에 처음 《5가지 사랑의 언어》를 선물 받고, 10년 후 독서모임에서 함께 나누었다. 그리고 심리학 공부를 하면서도 이와 관련된 내용을 이용한 프로그램을 했다. 내게 사랑의 의문이 있을 때 내게 큰 영향을 주었고, 그 경험을 모임에서 함께 나누며 정말 사람마다 사랑의 언어가 다르다는 걸 확인했다. 그래서 프로그램을 배우며 힘들어하는 누군가에게 도움이 되고자 더 열심히 공부한다.

내가 책 한 권으로 사랑을 배워간 것처럼 당신도 당신의 인생을 사랑할 책을 만났으면 좋겠다. 그리고 누군가를 더욱 사랑하고 더 즐거워지면 좋겠다. 그래서 자신이 그를 사랑함을 허해줬으면 좋겠다.

chapter
5

꿈모닝, 당신의 추억에
성공적인 불꽃놀이

• 하소현 •

하소현　밤하늘 속에 불꽃이 펑 하고 터지면 사람들은 모두 자신도 모르게 와- 하는 탄성을 내지른다. 나는 그 동심에 취한다. 살아가며 사람들을 웃게 하는 일에 나는 귀함을 느낀다. 추억은 아름답고, 동심은 있는 그대로의 자신을 가장 잘 드러내는 일이라 생각한다. 그래서 나는 나와 우리의 추억에 성공적인 불꽃놀이를 쏘고 있다. 작가로서 글을 남기고 강사로서 에너지를 전하는 일, 그것이 추억으로 가는 길에 우리를 성장시키는 빛줄기가 되도록.

소중한 존재라고 느낄 때

　언젠가 미라클팩토리 스태프끼리 모인 차 안에서 "언제 자신이 소중한 존재라고 느끼는가?"에 대한 질문이 오간 적이 있다.

　질문을 듣고 내가 했던 대답은 "누군가가 나의 입장으로 온전히 생각해줄 때"였다. 각자 '매 순간', 또는 어느 순간이라고 콕 집어 말하기 어렵다는 답들을 들려주었다. 그날은 3월 2일 월요일, 막 겨울이 가고 거리의 은행나무에 작은 잎사귀가 돋아나는 그런 계절이었다. 봄비가 오다 말기를 반복해서 하늘의 구름이 가득 찼고 살짝 바람이 부는, 모두가 봄이 오는 것을 준비하는 날이었다.

　내가 한 답이 나 스스로 성에 안 찼던 걸까, 나는 한참을 소중한 존재라고 느꼈던 때를 떠올려보았다. 언제였을까, 그러다 차창의 작은 틈으로 앙상한 가지의 은행나무가 눈에 들어왔다. 그리고 나는 불현듯 나의 중학교 시절 운동장 속으로 풍덩 빠져 들어갔다.

학창시절 나는 손가락 사이로 바람이 스치는 그 느낌을 참 좋아했다. 그래서 그 느낌을 떠올릴 만한 바람을 만나거나 비슷한 온도에 있을 땐 그 순간의 장소로 이동하곤 했는데, 봄날에 따뜻한 볕을 맞으며 벚꽃 핀 운동장을 걷는 느낌 혹은 초록색 천막 아래의 매점이나 아카시아가 피는 등나무 아래의 향기가 그렇게 떠올랐다.

내가 다닌 중학교는 약간 언덕에 있고 운동장에 벚나무가 둘린 그런 곳이어서 볕도 잘 들고 바람도 선선하게 불어오는 곳이었다. 봄이면 벚꽃이 무성하게 피어 바람이 한 번 운동장을 스쳐 지나가면 벚꽃 비가 그렇게 아름답게 흩어질 수가 없었다. 정말로 아름다웠다. 학교 곳곳이 벚꽃잎 천지였다. 언젠가 떨어지는 벚꽃을 손으로 바로잡으면 사랑이 이루어진다는 이야기에 나무 밑에서 얼마나 짝짝거리며 잎을 잡아보려 했는지 모른다.

함께하는 친구들 머리와 교복에는 그 시절의 순진함이 돋보이게 하는 장치처럼 벚꽃잎이 하나씩 앉아 있곤 했다.

따뜻한 볕이 바람에 흔들리는 벚나무 사이로 이리저리 움직이는 광경은 보려 한 자에게만 주어지는 특별한 감성이었다. 참 많이 설레 했고 봄만 되면 정말로 기분이 날아갈 듯했다. 두렵고 설렘이 묘하게 섞이는 그때의 벚꽃색이 참 내 안에 오래 남아있다.

어른이 되어 다양한 벚꽃축제를 다녀봤지만, 그때 학교에서 본 벚꽃만큼 아름답지도 않았고 설레지도 않았다. 아무리 애를 써도 마음이 충족되지 않았다. 어느 날 그 이유가 뭘까 고민해 보면서 잔잔히 알게 된 사실 하나는 어떤 설렘이 필요한 사람이 막상 가서 보는 건, 감상할 여유가 없는 상황에서 보는 게 전부이기 때문이지 않았을까 생각해 보게 되었다. 나라는 존재가 스스로 행동하고 대화하고 감성을 공유하던 설렘의 순간이 모두가 하교한 그 학교에 그대로 머물러 있기 때문이었다.

눈으로도 보고 손으로도 만져보며 오감을 활용한 봄맞이라 행복했고 설렜던 거다. 짧은 순간 시간여행을 하며 나는 스스로 소중한 존재일 수밖에 없는 이유를 찾았다. 내가 다니던 중학교 시절 친구들 모두는 학교를 둘러싼 벚나무를 기억하고 있을 것이다. 그리고 그 벚나무는 지금도 그 자리에서 아이들의 그늘이 되어주고 발야구의 시작점이 되어 선선한 바람을 선사하겠지.

있는 그대로를 표현하고 부딪치고 깨지며 털어내는 유일한 시절, 모두에게 존재하지만, 또 오직 자신만이 자신을 알고 있는 평범한 그때, 십대의 청춘이 모두에게 있다는 걸 깨달은 순간부터 우리는 모두 매우 소중한 존재라는 것을 느꼈다.

환경은 끊임없이 변하지만, 바뀐 장소의 이전에는 어떤 게 있었는지는 기억하는 사람들에게만 남아있을 거라는 것, 앞으로 더 많이 내가 추억하게 될 일들이 생긴다는 것 그리고 내가 그것을 떠올리며 한참을 웃으며 이야기할 수 있는 사람이라는 것만으로도 스치는 모든 순간이 귀하지 않을 수 없다.

3월에 피어올랐던 작은 잎사귀들은 지금 다시 노랗게 물들어 아래로 떨어지고 있다. 3월 그때는 창밖에 돋아 오른 잎사귀가 푸른 잎이 되어 바람에 흔들리는 것만 봐도 소중하다 느낀다는 말을 마지막으로 했었는데 무심했던 사이 어느새 노랗게 빨갛게 변했다. 변화를 볼 수 있는 인간이라 더 귀해졌다.

영국의 수필가 조지프 애디슨은 이렇게 말했다.

> 진정한 행복은 잘 드러나지 않으며, 화려함과 소란스러움을 적대시한다. 진정한 행복은 처음에는 자신의 삶을 즐기는 데서, 다음에는 몇몇 선택된 친구와의 우정과 대화에서 온다.

살아가며 소중한 느낌이나 행복을 느끼게 해주는 건 그다지 큰 것들은 아니다. 화려하고 강력한 것과 또 다르게 잔잔하게 오래 머무는 평범한 하루가 삶을 사는 우리에게 "우리는 소중해"라고 말하는 큰 에너지가 된다.

그래서 노래들도 유난히 계절별로 추억을 건드리는 감성을 많이 활용하는 게 아닐까.

소중할 추억이 있는 우리는 모두가 소중한 존재이다.

시작에 관하여

"시작!"

원장선생님이 교탁에 서서 A4 종이 묶음을 탕탕- 두 번 치고 종이를 나눠 준 뒤 외친 말이다. 영어 공부를 열심히 해온 친구 하나가 책상 위로 딱딱 딱 손에 힘이 많이 들어간 소리를 내며 열심히 단어를 내리 적었다. 빠르고 정확했다. 원장선생님은 "그래! 이거야 세상에서 가장 듣기 좋은 소리-!!"라며 소리를 지르셨다. 시험을 치르는 나에게 '시작'은 긴장의 대상이었는데 원장선생님에겐 어떤 것이었을까?

시작을 생각하며 어제 책 쓰기 시간에 20분을 거의 다 썼다. 20분 동안 글을 쓰는 시간이었는데 생각만 하느라 시간을 다 써버렸다. '시작'에 대해서 스스로 생각해 본 시간이 없었다. 너무나 익숙하고 당연한 단어였고 고민해야 할 필요도 없었던 행위 그 자체의 것이었다. 그런데 한참을 고민하다 보니 재미가 없었다. 행동의 시발탄으로만 활용했더니 부담스러운 단어가 되기도 하고 필요한 단어가 되기도 하는 게 흥미롭지는 않았다.

한참을 고민한 끝에 '절대 연필을 서 있게 할 순 없지'라는 생각으로 다시 시작에 대해서 일단 써나갔다. 내가 쓴 첫 문장은 "시작을 순간이 아니라 다른 형태로 소개하고 싶다"였다. 한참을 '시작'에 대해서 파고들다 보니 시작에는 항상 감정이 존재한다는 걸 알게 되었다.

보통 우리가 표현하는 '설렘'이나 '긴장감'은 '시작'이 아닌 '시작 전'의 순간에 존재했다. 또 '시작 후'에 느낄 수 있는 기대했던 그것과 다름에서 오는 여러 감정과 '감동' 등의 감정은 시작이 주는 보상이다. 우리는 대부분 어떤 사건이 발생하면 '시작 전', 시작 그리고 '시작 후' 세 가지로 시간을 나눈다. 그리고 그 세 가지의 감정이 하나의 이야기가 됐을 때 이를 '경험' 혹은 '경험의 느낀 점'이라고 부르는 거 같다. 그곳에 우리가 말하는 수만 가지의 '감정' 단어가 들어간다.

시작을 '순간'이 아닌 '감정 주머니'로 표현하자 인생을 다채롭게 기억할 수 있는 이야기가 많아졌다. 사람들과 자신이 살아온 이야기를 나눌 때조차도 우리는 시작하던 그때의 이야기를 감정을 통해 표현한다. 설렘에서 행복으로 가기도 하고, 행복에서 좌절, 좌절에서 무던함으로 바뀌기도 하는 모습을 보며 시작은 행동을 표현하는 단어가 아니라 감정을 나타내는 단어란 생각을 해본다.

우리는 시작을 떠올리면 어떤 감정이 물밀 듯이 밀려들어 올까? 반드시 시작을 생각하면 설레거나 떨릴 필요는 없다. 어쩌면 시작이란 적어도 그래야 한다는 우리의 학습된 정의일 수 있다. 누군가에겐 죽을 만큼 힘들 수도 있고 누군가에겐 그저 오늘 하루가 힘들어 생각하는 걸 시작조차 하고 싶지 않을 것이다. 아마도 우리는 수없이 많은 감정이 밀려드는 걸 느낄 것이다. 그리고 대체로 가장 많이 축적된 경험 감정이 하나의 정의가 되어 있을 것이다. 혹시 지금 자신이 처한 상황에 답답하고 두려움을 느낀다면, 나는 그것을 있는 그대로 예뻐해 주자는 이야기를 꼭 하고 싶다. 두려움이든 부담이든 나에겐 살아가며 무엇 하나 버릴 것이 없는 귀한 감정들인 것은 변함없는 사실이다. 그런데 시작이라는 감정 주머니를 떠올리기 시작하면서 마이너스 감정들을 그저 밀쳐내려고 하는 나 자신을 보게 되었다. 그리고 나는 감정 차별을 하고 있었다.

나는 종종 시작 전과 시작, 일련의 과정을 두려워한다. 어떻게 하면 그 두려움을 좀 누를 수 있을지 고민하곤 했다. 시작 전의 나를 수천 수백 번 고민하게 하던 두려움이 결국 행위의 결과라는 패를 뒤집었을 땐 아무것도 없는 허상이라는 걸 매번 깨달았기 때문이다. 결국 무엇이든 벌어졌다. 그래서 시작을 떠올릴 땐 두려움이란 감정이 떠오르지 않도록 하고 싶었다. 떠올리기만 해도 신나고 설레면 어차피 벌어질 일이 얼마나 즐거울까, 걱정 없이 스트레스

없이 행동한다는 건 참 중요해 보였다.

실제로 성공학에서 감정은 굉장히 중요한 요소이다. 잠깐 언급
해 보자면 인간에겐 한계란 없는데 굳이 없는 한계를 만들어 내는
게 단 하나 있다. 바로 마음이다. 마인드라고도 표현하는 바로 그
마음. 꾸준한 명상 혹은 수련으로 사소한 감정이나 바람에도 동하
지 않는 성인이 아닌 일반인들의 경우, 마음이 감정에 많이 치이게
된다. 그리고 그 감정과 엮인 게 육체라 체력에 관한 이야기도 고
전 자기계발서에서 종종 언급되곤 한다. 부정적인 감정으로 지금
현재 괴롭다면, 산책이나 몸을 잠깐 움직여 보는 것을 여러 사람이
권하는 이유도 거기에 있다.

하지만 나는 성인도 아니고 여전히 환경과 경험 때문에 다듬어
져 가는 나일 뿐인데, 두려워해서는 안 된다는 내 마음이 강하게
두려움을 자극했다. 두려워하는 나를 있는 그대로 사랑하는 방법
을 몰랐다. 내 착각은 나를 애쓰게 했고 마음속 내면의 떨림을 억
지로 누르고 극복하게 했다.

EBS에서 출간된 《기억력의 비밀》이라는 책에 보면 뇌를 연구한
내용이 담겨 있다. 인간이 느끼는 두려움과 같은 부정적 감정은 인
간의 생존과 직결되는 것이라고 한다. 두려움을 느끼거나 위험을
감지하는 건 야생에서 생명을 유지하는 데 꼭 필요했다. 그게 아주
옛날부터 사람 몸에 체화됐고 이제는 필수불가결이라는 것이다.

반드시 우리에게 필요한 감정이기에 억지로 누른다는 것도 과할 때는 문제가 된다. 그리고 끓는 냄비를 억지로 누르면 폭발하는 것과 같다. 프레임을 부수거나 바꿈으로써 발상의 전환도 가능하지만, 그 이전에 내가 느끼는 이 감정을 부정不貞하지 않고 있는 그대로 미소로 받아들일 수 있는 여유가 우리에겐 필요하다.

억지로 뭔가를 예뻐하는 것보다 시작의 모든 순간에 나라는 존재가 늘 함께 있다는 것을 알고 내가 느끼는 모든 감정이 그저 소중하고 사랑스럽다는 걸 받아들인다면 이 세상을 떠나는 그날, 우리는 어떤 것도 후회하지 않을 것이다.

시작의 모든 순간은 감정 주머니다. 내가 가지고 있는 모든 감정은 모든 순간에 사건들과 함께 버무려져서 이미지와 추억으로 내 안에 남는다. 내 안에 남은 것들이 쌓여 나와 함께 나이 들어가고 있다. 얼마나 많은 사람의 시작에 다양한 감정들이 섞여 있을까? 그리고 이 글을 함께 나누며 읽는 사람들의 머릿속엔 어떤 경험의 순간과 그 감정이 들어 있을까? 하나하나 같이 보지 못해 아쉽지만 상상만으로도 행복하고 공감된다. 참 아름다운 거 같다.

예술가로서 나의 직업과
꿈에 대해 말하다

나는 예술가다.

세상의 존재하는 것들을 보고 들으며 전율을 느낀 그 순간부터 나는 예술이라 칭하는 것들에 관심을 가지기 시작했고 반드시 예술가가 되리라 마음먹었다.

예술에 대해서 배운 적은 없지만 적어도 나에게는 표현하고자 하는 것을 집중하는 힘과 아름다운 것을 볼 줄 아는 눈이 있다. 그래서 나는 예술가라 확신할 수 있다.

예술을 하고자 하는 마음을 먹은 후부터 내 인생엔 많은 변화가 찾아왔다. 내가 하는 모든 행위가 예술로 종속되기 시작한 것이다. 지금 내가 있는 위치와 손짓, 이것들이 만들어 내는 파급효과를 상상할 수 있게 되었고 자연스럽게 그것은 타인을 위한 행위로 생각이 넓어졌다. 그러니 지금 내가 하고 맡은 일에 대한 열정은 자연스러운 에너지다.

강사이자 작가로서 내가 하는 일은 책과 꿈의 협업을 그려내는 일이다. 여러 사람이 갈고 닦은 책의 깊은 뜻을 탐구하고 교육을 제공함으로써 사람들을 살고 싶게 만들고 살아가는 방법을 제시한다. 내가 내린 이 일이 가진 예술의 정의는 사람들을 자기 자신으로 살게 하는 것이다.

나에게는 아주 소중한 꿈이 하나 있다. 그 꿈은 꿈을 이루는 현장을 갈 때면 아픈 것도 싹 잊힐 만큼 나를 집중하게 만들고 온종일 정신없이 뛰어다니다 잠깐 쉴 때의 상쾌함이 주는 편안함도 알게 한다.

2016년 어느 날 우연히 만난 불꽃 축제를 관람하는 관객들의 미소를 보며 내가 느낀 전율은 내 평생을 좌우할 만한 중심을 내 안에 심어 주었다. 2016년도는 전율이 팡팡 터지는 해였다. 그해 초 나는 미라클팩토리 독서모임 식구들과 함께 미라클모닝을 했었다. 모두가 잠든 새벽에 일어나 우연히 유튜브로 베토벤의 음악을 듣는데, 온몸에 닭살이 돋은 거처럼 전율이 이는 경험을 한 적이 있다. 클래식이 왜 예술인지 제대로 배웠다. 전율에 취해 한참을 멍하게 있었다. 그리고 책상에서 조용히 눈을 뜨니 잠시 내가 음악 속에 다녀왔다는 걸 알게 되었다. 정신이 없었지만 또렷했다. 그런데 그때의 전율을 사람들의 미소를 통해 또다시 느낀 것이다. 공허함으로 살아갈 이유를 찾던 내게 그것은 내 모든 것을 바칠 만한 것이었다. 예술을 확신했다.

그리고 다짐했다. 사람들이 기억하지 못할 추억일지라도 잠깐 떠올렸을 때 미소를 짓게 만들 수 있는 것이라면 아주 사소한 부분이라도 내 손길을 바쳐 이바지할 것이다라고. 그리고 그런 예술에서 함께 일하고 싶은 강한 열망이 생겼다. 그것이 스스로가 결론내린 예술가로 사는 것이었다. 아주 다양한 방법으로 사람들의 미소에 이바지하는 방법들이 있지만, 나는 그날 내가 본 미소 속의 중요한 마음을 잊지 못한다. 그 마음은 내 예술의 원천이기도 하고 재료가 되기도 한다. 그 마음을 꾸준히 담아내는 예술을 할 것이다.

그 다짐 덕분에 귀한 기회를 얻어 참여하게 된 불꽃 축제 현장에서 나는 어떤 일도 즐겁게 할 수 있었다. 그저 모든 것이 의미 있고 감사했다. 화약이라는 위험성과 무거운 것들이 오가는 현장에서 더욱 겸손하고 신중해야 함을 늘 배웠다. 그리고 일을 하는 데 있어 자신의 사명과 중심이 얼마나 인간에게 중요한 것인지 알게 되었다. 내가 지금 하는 일이 어떤 일련의 과정에 속하는지 깨닫지 못한다면 누군가는 반드시 해야 하는 사소한 일이 그저 잡일 혹은 잡무가 되어 버린다는 것을 깨달았다. 예술적인 삶을 사는 사람과 아닌 사람의 한 끗 차이가 바로 그 사람의 작은 것에 있다는 것을 어린 나이에 알게 되었다.

처음 불꽃 축제 현장에 통역으로 참여했을 때의 일이었다. 상상만 하던 현장에 실제로 가 있는다는 건 상상만으로도 긴장의 연속이었다. 더군다나 통역이라니, 실수할까 무섭고 두려웠다. 그래도 침착하게 긴장으로 점점 쪼이는 속을 꾹꾹 누르며 '불꽃 디자이너'라는 내 꿈과 이 일이 처음이니 잘 부탁하다는 인사로 외국인 친구들과 첫만남을 가졌다. 그리고 무엇이든 보고 배우고 싶어 외국팀을 늘 따라다녔다. 불꽃 축제의 준비과정에는 각 위치에 들어갈 화약에 번호를 달아 표시해 두고 세팅하는 업무가 있다. 각 업체마다 설치하는 방식이 제각기 다르지만, 포항에서 함께했던 MELROSE 팀의 경우 불꽃이 될 화약들이 들어갈 위치의 번호를 알기 좋게 스티커로 프린터해 와서 분류하는 작업을 했다. 꺼내 놓은 화약에 해당 번호의 스티커를 찾아 붙이는 일을 지켜보다가 두 사람이 화약을 찾고 스티커는 내가 붙이는 게 나을 거 같다는 판단이 들어 일을 돕고 싶은데 가능하겠냐고 물었다. 다행히 반가운 내색을 해줘서 함께 일을 할 수 있었다. 스티커 작업을 하는데 순간 "불꽃을 위해 내 손길 한번 이바지하고프다"라는 말이 스쳐 지나갔다. 그때 심장이 터질 거 같았고 일이 참 재밌었다. 그리고 종종 친구들의 실수를 찾아서 교정해주면 그렇게 좋아했다. 온전히 꿈을 이룬 그날의 기억이 생생하다. 비가 온 덕에 바닥이 진흙탕이라 신발이 엉망이 되어도 너무 행복했다. 그저 꿈을 이루고 있는 지금, 나에게 시원한 숨통이 트이는 기분을 줬다.

  그 이후로도 현장에 참여할 때면 실례가 되지 않는 선에서 내가 할 수 있는 일은 아주 사소한 청소라도 오히려 시켜달라고 부탁했다. 이유는 간단했다. 지금 내가 하는 모든 일이 밤하늘 아래의 미소가 된다는 사실을 너무나 잘 알고 있었기 때문이다.

불꽃을 업으로 삼고 싶다는 나의 각오 덕분에 예술적인 삶에 대해 참 많이 배웠다. 협력의 중요성을 배웠고 보이지 않는 곳에서 우리를 위해 노력하시는 분들의 정성을 잊지 않겠다는 마음을 쌓기도 했다. 불꽃을 연출하는 일은 하나의 오케스트라 같다. 단 한 명의 천재가 세상에 감동을 줄 창작물을 쏟아 내는 예술이 있는가 하면, 사람이라는 존재들이 하나의 작품을 위해 힘을 함께 쓰는 예술도 있다. 불꽃은 후자의 예술이다. 함께하면 웅장하고, 사람들이 모여 함께하는 일이기에 진한 감동을 모두 느낄 수 있다.

나는 예술이란 자신의 삶에서 느낀 희로애락을 누구나 공감할 수 있게 표현하는 일이라 생각한다. 많은 예술가가 자신이 본 것, 느낀 것, 들은 것에 온 정신을 집중하여 그걸 표현한다. 천재 중의 천재 미켈란젤로는 조각하기 위해 돌을 구해 와서 조각하는 것이 아니라 수많은 돌을 탐색하며 그 바위 안에 담긴 작품을 그대로 작업했다고 한다. 이 이야기를 들으며 나에게도 예술 작품을 만들 때는 그만큼의 시작과 재료와의 소통을 반드시 하자는 약속을 했다. 하얀 용지를 바라보며 이 종이에 어떤 작품을 담았는지 빤히 바라보는 것과 불꽃의 배경을 바라보며 그 공간 자체가 가진 예술을 보는 일은 짜릿하다. 어떤 작품을 표현하는가는 작가의 선택과 소통방식의 차이에서 크게 달라지지만 결국 예술이란 감동을 가져오고야 만다.

작가와 강사의 일과 불꽃연출 디자인이라는 꿈 사이에 표면적인 공통점은 없을 수 있지만 아래 혹은 뒤에서 사람들의 삶에 영향을 준다는 점은 많이 닮았다. 이건 내가 바라는 삶과 일치하기도 해서 꿈과 일과 내 삶이 하나로 연결되어 있음에 감사하다.

인간은 자신의 관점으로 세상의 모든 것을 본다. 그런 행위를 조금이나마 고쳐보기 위해 책을 읽고 사색하고 타인의 입장에 대해 생각해 보는 훈련을 하며 어른이 된다. 내게 있어 불꽃, 작가, 예술은 나 자신의 내면과 이야기할 수 있도록 이끌어줬고 본능적으로 가슴이 뛰는 일을 알게 해준 멋진 것들이다. 세상에 존재하는 수만 가지의 일이 다 그렇겠지만 누가 빨리 알아채고 그렇게 살아가느냐가 오늘을 살아가는 우리의 차이를 만드는 시발점이라 생각한다.

세상 일에는 귀천이 없다. 오로지 귀한 것만이 있을 뿐인데 예술가들이 그러하듯이 내가 어떤 마음의 눈을 뜨고 일을 보는지에 따라 모든 것이 달라진다.

존 고든이 지은 《에너지 버스》에 보면 이런 이야기가 나온다. 미국 대통령인 린든 존슨이 미 항공우주국을 방문했을 때의 일화이다. 지저분해진 바닥을 닦고 있는 청소부를 보게 되었는데 그 청소부는 세상에서 가장 즐거운 일이라도 하는 듯 콧노래를 흥얼거리며 열심히 바닥을 닦고 있었다. 이에 감동한 대통령이 '여태껏 자신이 본 청소부 중에서 가장 훌륭한 청소부'라고 치하했다. 그러나 그 청소부는 이렇게 답했다.

"각하, 저는 일개 청소부가 아닙니다. 저는 인간을 달에 보내는 일을 돕고 있어요."

나의 꿈 목록들은 다 인간에 대한 사랑을 기반으로 한 예술 작품들이 나열되어 있다. 누군가 나에게 '너는 진짜 예술가가 아니야'라고 할지언정 크게 신경 쓰지 않는다. 나는 그렇게 말하는 당신의 가슴을 울게 만들고, 웃게 만들고, 슬프게 만들고, 설레게도 만들 거니까. 나는 예술가라 당당하게 말할 수 있음에 감사하다.

101번의 거절

중국 최대 기업 알리바바의 회장 마윈의 강연 중 일부를 우연히 접하게 되었다.

저는 아주 중요한 초등학교 시험에 두 번 낙제했었습니다. 중학교 시험에도 세 번 낙제했죠. 대학도 삼수했습니다. 그리고 취업을 준비했습니다. 30번 떨어졌어요. 경찰에 지원하니 그들이 '당신은 아닌 거 같아요.'라고 말했습니다. KFC 치킨집도 갔어요. 24명이 입사 지원을 했는데 23명이 붙고, 붙지 못한 1명이 저였습니다. 경찰엔 5명이 지원했는데 4명이 붙었어요. 그 유일한 한 명은 역시 저였죠. 하버드도 지원했습니다. 10번 다 거절당했어요. 저한테 거절은 일상이었습니다. 우리는 이 실패에 익숙해져야 합니다. 우린 그렇게 잘나지 않았거든요. 저도 굉장히 좌절했어요. 아마 30번 이상 거절당한 사람은 이 세상에 별로 없을 거예요 (중략) 우린 계속 싸웠습니다. 그리고 우리를 계속 변화시켰습니다. 우린 불평하지 않습니다. 당신이 성공하냐, 못하냐는 그들이 일을 마쳤을 때 일에 실수가 있었거나 문제가 생긴 것을 항상 남에게 불평만 하는가에 달렸습니다. 자기 자신을 점검하는 사람 '그래, 내가 여기서 잘못했어. 그래, 내가 그때 잘못했어'라고 생각하는 이 사람에게 희망이 있습니다. 당신을 변화시키세요. 삶이란 초콜릿 상자와 같습니다. 당신이 무엇을 얻게 될지 전혀 알 수 없습니다.

이 강연을 듣고 올해 1월 한 조사업체에서 잠시 아르바이트할 때가 떠올랐다. 모 대학에서 후원한 신생업체가 개발한 아이템을 같은 계열 회사들에 어떤 도움이 되는지 구두로 물어보는 일이었다. 처음엔 뭐 그렇게 어려울까 하는 마음으로 시작했고 집에 돌아갈 땐 거의 울상으로 돌아갔다. 기본적으로 업체에서는 50~60건 정도의 응답률을 요구했다. 4시간 동안 리스트를 보며 차근히 설명하면 되겠다는 마음으로 시작했다. 결과는 응답 2개와 거절 100건이었다. 거절의 횟수가 높아지자 오기가 차올라 어떻게든 성공해보려고 방법을 바꾸고 설명을 바꾸고 말의 분위기를 바꿔봤지만, 한결같이 거절당했다. 그때부터는 번호를 누르는 떨림도 없었다.
거절하던 그들을 탓할 순 없었다. 별로 중요하지 않은 이 일에 자기가 할애해야 할 시간이 없었을 것이다. 설문지를 해달라니 업무도 바쁜데 신경 쓸 겨를이 어디 있겠는가. 마음은 이해할 수 있었다. 그런데 문제는 나 말고 다른 분들은 설문 진행을 잘 하는 것이었다. 너무 답답해서 그들을 붙잡고 응답비결이 뭐냐고 물으면 한결같이 "그냥 운이 좋았어요"라고 답했다. 운이라면 누구에게도 뒤지지 않는다고 생각했는데 그날은 참 아니었다. 사실 그들 말이 맞았다. 그들이 전화를 돌렸을 때 전화를 받은 사람들은 대부분 실무자였고 내가 돌린 업체의 대부분 수신자는 중간 연결자들이 대부분이었다. 그들은 쉽사리 모르는 나에게 실무자와의 연결을 해주려 하지 않았다. 누가 전화를 받느냐는 운이 맞았다. 그래도 너무나 차이가 나서 계속해서 그들이 어떻게 하는지 관찰하고 따라 하며 방식을 변경해 전화했던 기억이 난다.

그날 돌아오는 버스 안에서 마음이 참 착잡했다. 평소에 이런 기분을 오래 두는 성격이 아니라 왜 내가 지금 착잡한가 한참이다 들여다봤다. 여러 가지 원인이 있었지만, 신기하게도 그중에도 나를 제일 괴롭히던 건 4시간 동안 받은 수많은 '거절'이었다. 살면서 수많은 거절도 당해보고 극복도 하면서 거절에 감정적인 타격을 받지 않을 줄 알았는데 내가 이렇게 거절에 마음이 흔들릴 줄은 몰랐다. 마주 보고 받은 거절도 아니고 그냥 전화상으로 "됐습니다." 툭 혹은 "바빠요." 쾅, 끊긴 전화인데 횟수가 쌓일수록 알 수 없는 우울함이 번졌다. 진짜 직업으로 삼은 일도 아닌데 뭘 그렇게 진지하게 생각하느냐 가볍게 여겨라는 이야기를 들었지만, 그것과는 다른, 거절에 대한 내 마음의 부끄러움이었다. 4시간 내내 거절만 당하는 경험을 처음 해봤더니 나라는 자체가 '거절'을 당하는 기분이 들었다.

거절도 근육이 있어 100번의 거절로 단단해진 것인지, 그날 저녁 더 나오지 않아도 될 거 같다는 거절은 미소로 받아들였다. 오히려 거절을 전하는 그분이 내게 너무나 미안해했다. 그분은 일을 임할 때 보였던 내 모습을 높이 사준 거 같았다. 아무리 자신의 대표를 설득해도 잘 안 되더라는 말을 해주는 모습에 괜히 내가 미안할 지경이었다. 거절하는 사람도 마음이 편하진 않다. 오히려 고맙다는 말을 전하고 전화를 끊는데 아쉬움이나 후회가 없었다.

마윈의 이야기를 통해 그때 내가 전혀 아쉽지 않았던 이유를 알 수 있었다. 열정적으로 100번이 넘는 기회 동안 내가 잘못한 게 뭔지 내가 너무 일에 지친 사람들에게 공격적이었던 건 아닌지, 나라면 언제 응하고 싶은가 등 끊임없이 방법을 찾기 위해 애를 쓰고 변화를 시도했었기에 노력에 비례하는 성과가 없어도 미련이 없었다.

그리고 나는 이미 그때 수화기 너머로 받은 거절이 나라는 사람이 받은 거절이 아니라 상황이라는 걸 알고 있었다. 거절에 능숙해지는 방법은 나라는 사람을 상황에 이입시키지 않는 것이란 생각이 들었다. 오히려 멋지게 세련되게 받아들이고 상황을 해결하고 앞으로 나아가고자 하는 것 그것이 거절을 즐기는 일이라 생각한다.

지독한 거절에 아팠고, 내가 참 못난 거 같았지만 언제 아팠냐는 듯 씩씩하게 잊었다. 그리고 다시 거절들을 접하고 또다시 잊고 해결해 나가고 있다. 내가 앞으로 살면서 한 분야에 100번의 거절을 받을 일이 얼마나 더 있을까, 나만이 가진 거절의 경험이 감사하다.

어느 날 어떤 방문 판매원으로부터 미라클팩토리 센터로 잠시 방문을 해도 좋냐는 문의전화가 왔다.

전화를 받은 선생님께서 예의를 갖춰 "현재 사람들이 없어 안 될 거 같아요"라는 거절의 답을 전함으로써 그 전화는 끝이 났다. 수화기가 내려진 후, 옛날 생각에 잠시 빠졌던 내가 옆에 선생님께 "저분은 오늘 몇 번의 거절을 당하셨을까?" 하고 물었다. 우리 둘은 "그러게…." 하며 화면 속의 모니터만 볼 뿐이었다. 거절은 당하는 사람뿐 아니라, 하는 사람의 마음도 편치않다는 걸 느꼈다.

수화기 너머 그분의 마음이 착잡할 거 같았다. 내가 그랬었으니까. 그러나 한편으로는 착잡하기보다는 자신의 역할 사명에 걸맞게 이 정도의 거절은 즐겁게 받아들이시길 마음속 깊이 바라고 응원했다. 인간에겐 인생의 실패와 거절의 총량이 존재할까? 만약에 총량이라는 것이 존재하고 우리가 그걸 안다면 우리는 거절을 두려워하지 않을 수도 있지 않을까? 이 세상에 살아가는 모든 사람들이 각자의 가슴에 거절의 총량을 새기고 자신감으로 살아가길 바란다. 맡은 바 자리에서 거절에 좌절하지 않고 뜨겁고 참 당신답게 앞으로 나아가자. 늘 응원하겠습니다. 아자아자!

나의 첫사랑

어느 라디오 프로에서 누군가 첫사랑을 이렇게 정의했다.

"첫사랑은 딱 어떻다고 정의할 수 없어요. 자신이 그렇다고 정의 내리면 그게 첫사랑입니다."

이 말을 알게 된 후 나는 명확하게 나의 첫사랑이 누구인지 알수 있었다. 평생토록 간직될 나의 첫사랑 그 애는 잘생겼었다. 그 아이를 만난 건, 엄마 손에 이끌려 다니게 된 학원에서였다. 한창 인근 지역 중학교 전체가 시험 기간이라 모두가 '반드시 해내리라' 의 마음으로 엄숙하고 진지하게 공부를 했던 거로 기억한다. 여느 때와 같이 선생님을 기준으로 아이들끼리 대형을 만들어 수학 문제를 풀고 오답을 수정하는 시간을 가졌었다. 그런데 그날은 다른 반 아이들도 함께 앉혀서 공부를 하자 하셨던 거 같다. 누가 들어오는 지도 모른 채 그저 몸이 근질거리고 문제는 눈에 안 들어와 고개를 푹 숙인 채 펜으로 장난을 치고 있었다. 나는 우연히 고개를 들었고 그 이후부터는 무슨 일이 있었는지 기억이 나지 않는다. 다만 선생님이 나를 흔들고 "야! 뭘 그렇게 빤히 보노, 애 얼굴 뚫리겠다"라고 말하는 순간부터만 기억 날 뿐이다. "예?" 횡설수설 변명을 하고 지금의 상황을 파악하려고 보니 그 애의 얼굴은 홍당무보다 빨갰었다. 내 심장도 쿵쾅쿵쾅 뛰고 있었다. 내가 그 아이를 얼마나 빤히 보고 있었는지는 모르지만, 선생님이 한참을 흔들어야 내가 제정신으로 돌아올 만큼 걔는 잘생겼었다. 숫기 없는 모습으로 차분히 말을 하는 그 모습도 너무 멋졌다. 나는 첫눈에 반했었다.

그날 이후 그 아이만 보면 설레서 어쩔 줄을 몰랐다. 그 아이 생각에 이불 속에서 뒹굴뒹굴 발을 구르기도 했고, 빨리 학교를 마치고 학원에 가는 시간을 즐겼다. 예전엔 그렇게 시간이 잘 가더니 그때는 등원 시간이 왜 이렇게 늦은지 이해가 할 수가 없었다. 매일 그 아이가 보고 싶었고 걔랑 말 한마디 나눠 보고 싶었다. 그때는 좋아하는 마음이 생기면 그 이후의 일은 잘 몰랐다. 좋아하긴 하는데 뭘 바라야 하는 것인지, 여느 아이들처럼 사귀자고 해야 하는지 고민은 했지만 그다지 신경 쓰지 않았던 거 같다. 내가 졸업했던 초등학교 친구들은 서로 사귄다는 이야기가 돌고 나면 남처럼 말도 하지 않고 거리를 두는 거 같아 보여서 오히려 사귀는 건 손해라는 생각을 했었다. 로맨스 만화를 많이 읽었지만, 연인이 뭔지 데이트가 뭔지 배워본 적이 없어 그저 서로 좋아하면 좋겠단 생각을 했었다.

이런 내 마음을 알 턱이 없는 그 애는 학원에 자주 빠졌었다. 그때의 좌절감은 말로 표현할 수 없다. 학원에 안 온 날이면, 선생님께 몰래가 최대한 티를 안 내려고 이런저런 핑계로 그 아이가 학원에 왜 오지 않았는지에 대한 질문을 했다. 이미 다 티가 났기에 선생님은 모르는 척하며 알려줄 수 있는 선에선 최대한 알려주셨을 거다. 대부분이 아프다는 이유였고, 웬 오지랖인지 내가 아픈 것처럼 걱정도 했었지만 내가 할 수 있는 건 없었다. 그냥 자리로 돌아가 원장선생님과 치열한 단어시험을 쳐야 할 뿐이었다.

나의 첫사랑은 다양한 나의 모습을 보게 해줬다. 하급반인 내가 그 애가 있는 상급반으로 가기 위해 열정적으로 공부에 매진하기도 했다. 꽤 많은 시간이 걸렸지만 결국 나는 상급반으로 진학을 했다. 그리고 그 기쁨도 잠시 내 첫사랑은 꼭 나를 도망치는 것처럼 학원을 그만뒀었다. 같은 공간에 있기가 쉽지 않았다. 또 상대방이 이런 내가 부담스럽진 않을까 상대의 관점에서 배려하는 일에 대해서도 알게 했다. 밸런타인데이에 그 애에게 작은 마음을 전하고 싶어 한참을 고민하다 초콜릿 바구니를 사서 선물했다. 처음으로 화려하게 꾸며진 바구니를 사서 쪽지와 함께 줬었다. 아무래도 부담은 주기 싫어서 바구니의 크기를 줄이고 줄였지만 내 마음까진 줄일 수 없어서 적당한 선을 타협 보느라 친구랑 진을 뺐다. 아쉽게도 그날은 내가 감기몸살이 심해서 구매 후 같은 학원에 다니는 절친에게 전달을 부탁했었다. 그날 학원은 뒤집혔다고 한다. 내가 남긴 H라는 단서로 사람을 밝히느라 난리가 났는데 내 친구는 그걸 또 끝까지 비밀로 지켜줬었다. 이렇게 적고 보니 나는 스스로 많이 티를 냈었구나 싶다. 나만 몰랐다. 나는 누군가를 좋아하면 좋다고 늘 표현하고 떼를 쓸 줄 알았는데, 오히려 그 반대였다. 그 아이와 같은 공간에 있고 싶어서 애는 썼지만, 막상 학원 복도에서 마주친다거나 하면 숨기 바빴다. 누가 이렇게 빨리 뛰는 내 심장을 꺼내 놓은 느낌이었고 이유 모를 부끄러움에 얼른 나를 숨기고 싶었다. 말도 나오지 않았다. 인사 한 번이 그렇게 어려웠다. 내가 가장 스스로 놀란 부분이기도 하다.

내 소원은 그 아이와 말 한마디 섞어 보는 거였다. 그렇게 나는 3년을 혼자서 좋아하는 시간을 보냈다. 그동안 말 한마디 못 나눠 보고도 좋아할 수 있다는 게 지금 나는 그저 신기하고 귀엽다.

십대, 한창 사랑에 대한 관심이 많을 나이라 나에게도 첫사랑이 누구인지 나는 늘 궁금해 했었다. 다들 첫사랑 이야기를 할 때면 처음 연애해본 사람을 말하니 나는 언제쯤 첫사랑을 시작할 수 있을까 궁금해 했다. 그런데 우연히 들었던 라디오 프로에서 나온 첫사랑의 정의가 나의 많은 것을 정리해 주었다. 처음 연인으로 발전하는 사람이 첫사랑인지, 짝사랑일지언정 처음으로 좋아한단 감정을 느낀 사람이 첫사랑인지 그 묘한 잣대 속에, 나의 첫사랑이 있었다.

그 애는 나에게 첫사랑이다. 가슴 떨리는 감정이 뭔지도 알게 해줬고 누군가를 생각하는 마음이 뭔지도 알게 해줬었다. 연애와는 다른 감정이지만 첫눈에 반한다는 것도 그 아이가 처음 알려줬다. 물론 지금은 나의 이런 마음이 그 아이에게는 공포의 대상 혹은 부끄러움의 대상이었을 수 있었겠다는 생각도 든다. 그래도 나에게는 3년 동안 널 좋아한다고 말 한마디 못 붙여봤지만 내 감정에 충실하고 순수하게 동경하던 그때의 시절이 귀엽고 귀하다.

고등학교 생활을 마치고 스무 살이 된 후 종종 우연처럼 버스 안에서 그 아이를 마주칠 때가 있었다. 중학생 때의 떨림이나 부끄러움은 없었지만, 성인이 된 그 아이를 보는 기분은 묘했다. 나를 몰라보는 거 같아 신기하기도 했고 그 아이가 모든 게 그대로인 채 키만 훌쩍 자란 것도 웃겼다. 열정적이게 내가 가진 마음을 말로 표현하지 못했지만, 마음으로 행동으로 항상 표현했고 떠올렸었기에 남은 감정 같은 게 없었던 거 같다.

나는 내 첫사랑 이야기하는 걸 좋아한다. 첫눈에 반하는 느낌을 이야기하는 것도 좋아하고 그때 그 애의 빨개진 얼굴을 떠올리는 것도 좋아한다. 내가 아직 첫사랑을 못 잊어서라기보다, 첫사랑을 알고 친구들과 밤새 전화로 상상하고 수다 떨고 어떻게 하냐며 손뼉 치던 그때의 내가 생각이 나기 때문이다. 첫사랑이 뭔지 관심도 없고 걔에 따라 내 기분이 오르락내리락하던 내 모습이 떠올라 미소 짓게 된다. 가끔 순수한 이때의 내가 보고 싶다. 그립다.

사랑의 순간은 모두에게 공평하게 있다. 그리고 추억이 그리운 이유는 그때의 나 때문이다. 다신 돌아갈 수 없는 내가 그 속에 존재하기 때문이다. 인간을 아름답고 인간답게 살아가게 하는 요소 중 하나가 바로 추억이라 생각한다. 문득 이 글을 적으며 오늘의 나는 그때의 나처럼 최선을 다해 순수한 나를 떠올릴 만한 사랑을 쌓아 가며 살고 있는지 궁금하다.

　과거는 아름답다. 아무나 경험할 수 없는 자신만의 추억이 담겨 있어 아름답다. 그때 그 순간에 함께한 사람들만이 알 수 있는 추억이라 소중하다. 그리고 현재는 그 추억을 발판삼아 성장해 있는 내가 살아 있어 귀하다. 그리고 미래는 새로운 감정을 느낄 무한한 가능성이 있어 위대하다.

　내 첫사랑은 내 추억 속에 있다. 살다 보니 엄청 힘들고 지칠 때도 있고 나 자신이 아무런 감정을 느끼지 못하는 인간 같다 느껴질 때도 종종 있다. 그냥 그럴 때 이런 추억을 하나 꺼내어 보며 나의 엉뚱하고 앞만 보던 낯간지러운 시절을 통해 에너지를 받곤 한다. 그러다 보면 지금 이 순간도 그때의 나처럼 소중한 순간이 되길 바라며 조금 더 힘을 내 앞으로 나아가본다. 내 첫사랑은 밝힐 수 없는 조금 웃픈 사연으로 결국 끝났지만, 그때의 나는 너무나 사랑스럽게 남아있다.

꿈모닝,
고찰과 현찰 사이

· 심고은 ·

심고은　　나는 현찰을 만지는 일을 한다. 은행원으로 근무하는 작가지만 세상 평범하다. 그러나 현찰을 만지는 현실과 나의 고찰 사이에선 묘한 기류가 흐르고 있다. 사색을 즐기며 살아가는 이유와 태어난 목적의 방향을 잃지 않는 나는 은행원 작가이다. 어쩌면 가장 현실적인 장소와 가장 비현실적인 사상의 사이를 오가는 내 삶의 이야기를 통해 즐거운 수다를 나누고 싶다.

나에게 천만 원이라는 행운이 생긴다면

일천만 원은 오만 원권을 100장씩 띠지로 묶어서 두 다발, 엄지
와 검지의 사이로 다발을 잡았을 때 약 4cm 정도이다. 천만 원에
처음 떠오른 생각은 냉정하게 말하자면 회사를 그만둘 금액은 아
니라는 것이다. 20살의 나였다면 감히 만져보지 못한 선망의 돈이
었겠지만 지금은 그래도 1년을 열심히 일하면 모을 수 있는 돈이
다. 하지만 그 금액을 무시하기엔 세상엔 천만 원이 없어서 죽는
사람들도 많다. 최근에 회사에서 천만 원에 관련된 일화를 겪은 적
이 있다. 천만 원을 예금한 고객에게 나는 회사에서 금액별로 지정
한 선물을 건넸다. 그 선물을 뜯어보던 고객은 '애개~'라며 실망
의 기색을 표현했다. 그리고 "요즘에 천만 원 예금하는 사람들이
참 많은가 봐요? 선물이 이렇게 작은 걸 보니?"라며 나를 쏘아보
았다. 등골이 서늘했다.

고객의 표정이 아마 이렇게 말하는 듯했다.

'내가 천만 원을 어떻게 고난과 역경을 거치면서 모아서 여기에 예금을 해주었는데 감히 이따위 선물로 내 돈을 무시해?'

나는 순간 회사에서 정한 천만 원에 대한 가치와 고객이 매긴 가치의 충돌의 소용돌이 속에 있었다. 객관적인 금액에 담긴 주관적 가치의 차이, 그렇다면 나는 천만 원에 어떤 주관적 가치를 담고 있을까? 내가 갑자기 천만 원이 생긴다면 어떻게 쓸지 3가지 방법을 정리해보았다.

1. 미래의 투자

이는 나의 현재를 개선하거나 향상하기보다는 미래에 일어날 수 있는 일에 대비하여 투자하는 것이다. 이는 저축이다. 나는 휴가를 내기 어렵고 타 금융기관에 인터넷뱅킹도 신청이 되어 있지 않기 때문에 타 금융기관이 우리보다 금리가 높다고 해도 예금을 할 수 없는 상황이다. 또한 부동산을 매매하기엔 턱없이 부족한 금액이다. 내가 다니는 은행의 정기예탁금 상품은 1년에 일천만 원 기준으로 2.1%, 세전 21만 원이다. 여기서 이자소득세 15.4%를 공제하면 177,660원 정도 이득을 얻는다. 1년 기준으로 한다면 이자는 약소할지는 모르지만 미래에 일천만 원이 어떻게 투자가 되어 큰 수익을 거둘지 가늠할 수 없으므로 알파라고 하겠다. 그러므로 177,660+알파로 정했다. 또한 이를 본 과장님이 살인미소로 나의 회사에 대한 사랑을 칭찬하실 것이 분명하므로(경험적 추측) 나의 직장 인간관계의 온도가 5℃ 정도는 높아질 것이다. 이 방법은 원금이 손실되지 않는 가장 안전한 방법이자 경제적인 방법이라고 할 수 있다.

2. 기부

현재 나에게는 일천만 원이란 돈은 절박하지 않다. 나는 안정적인 소득이 있는 직장에 다니고 있으며, 신체는 건강하며, 부모님 또한 소득이 있는 상태이다. 제일 중요한 것은 채무가 없다. 일천만 원은 내가 현재 다니고 있는 직장에서 갑자기 생길 돈은 아니다. 분명히 나는 아주 큰 행운을 만났을 것이다.

나는 어린 시절부터 나의 노동이 아닌 행운으로 얻은 돈은 온전한 나의 돈이 아니라는 생각을 했었다. 그래서 누군가에게 나의 행운을 나눠야 한다는 강박관념이 있었다. 나는 사람은 자신만의 행운의 파이를 갖고 있다고 믿었다. 그래서 이 파이 조각을 너무 많이 먹었을 때, 미래의 파이가 얼마 남지 않을까 봐 불안해 했다. 하지만 내가 그 파이를 누구와 나눈다면 파이가 줄지 않을 것 같았다. 지금 파이가 줄더라도 상대방의 파이로 나의 빈 파이 부분을 채워줄 거 같았기 때문이다. 그러므로 기부를 내 선택 속에 넣었다. 하지만 기부가 좋은 일인 것은 확실하지만 잘해야겠다고 생각했다.

윌리엄 맥어스킬이 저자인 《냉정한 이타주의자》에서는 따뜻한 가슴에 차가운 머리를 결합시켜야 선한 의도가 좋은 결과를 낳을 수 있다는 구절에 공감했기 때문이다. 우리가 자선단체에 얼마간의 돈을 기부하려 한다고 했을 때, 아이티 지진 구호활동을 펼치는 단체에 기부하면 재난 희생자들을 도와줄 수 있지만 우간다의 에이즈 퇴치나 우리 동네에 노숙자 돕기에 기부할 돈이 줄어든다는 것이다.

나의 선택에 따라 생활이 개선되는 사람도 있지만 그렇지 않는 사람도 있다. 그러므로 기부는 효율적인 이타주의의 성격을 지녀야 한다고 한다. 지금 나는 직장을 다니고 있으므로 직접 봉사를 하기에는 적합하지 않다. 그러므로 기부단체 중에 가장 투명하게 활동내역을 공개하고 많은 사람들의 목숨을 살릴 수 있는 단체를 찾아 기부를 할 것이다. 이는 너무 광범위하기에 대한민국 안의 단체를 기준으로 할 것이다. 물론 같은 돈으로 물가가 낮은 제 3세계국의 아이들을 더 살리는 것이 가장 효율적인 이타주의일지도 모르지만, 내가 나고 자란 대한민국이 내가 천만 원을 얻는 데 최고의 공이 있다는 것은 부정하지 못하기 때문이다. 기부는 경제적인 방법은 아닐 수도 있지만 나의 영혼의 성숙에 큰 기여를 할 것이다.

3. 현재의 투자

이 투자는 미래에 가치를 두는 것이 아니라 지금 현재의 행복을 위한 투자이다. 현재 나의 노동으로 부족하지 않은 돈을 벌고 있으며, 매일 운동을 하고 매일 독서를 한다. 사랑하는 사람들과 자주 만나지는 못하지만 매일 대화를 하고 있다. 나는 나의 일상에 만족하는 편이며 계속 지속하고 싶다. 우선 500만 원은 환갑을 맞이할 부모님의 유럽 여행에 쓰고 싶다. 그리고 친한 친구들을 초대해서 호텔 뷔페 식사를 대접할 것이다. 나머지 400만 원으로는 나에 대한 투자를 할 것이다. 나의 미래의 1년도 오늘의 행복으로 채워가는 것이 이 투자의 핵심이다. 지금 하고 있는 1년치 운동을 미리 등록할 것이며 토요일 아침독서모임을 1년치 등록을 할 것이다. 주말에는 영어 학원을 다시 4시간씩 다녀서 공부를 할 것이다. 그러면 400만 원으로 맞춰진다. 이 방법은 행복한 현재를 유지시켜 궁극의 행복으로 이끌어 낼 투자일 것이다.

처음 방법에 대해 생각을 했을 때, 위의 3가지 방법 중에 선택하려고 했다. 하지만 써보니 다 중요한 일이다. 그래서 앞으로 더 큰 돈을 벌게 된다면 3가지 방법에 의미 있게 잘 써야겠다고 생각을 했다.

글 초반에 일천만 원이 그리 큰 금액이 아니라는 식으로 언급해 놓고 막상 어디에 어떻게 쓸지 생각할 때 나는 어린아이처럼 무척 신이 나 있었다. 글을 쓰고 나서 시각도 좀 달라졌다. 과거에는 천만 원이란 그저 매달 84만 원씩 1년을 모아야 된다는 생각만 했다면, 이제는 천만 원이 정말 다양한 가치를 담고 쓰일 수 있겠다는 생각으로 바뀌었다. 그래서 허투루 쓰지 않고 소중히 써야겠다고 생각했다. 또한, 늘 미래에 모든 것을 기대했던 나에게 오늘을 기대하는 나의 변화에 스스로가 흐뭇하다.

내일 출근을 하고 일을 할 때 평소보다 더 신나게 돈을 계수기로 세야겠다. 누군가의 뜻 깊은 가치를 담은 돈을 위해서.

나의 리틀 포레스트

누구나 자신의 숲이 있다. 당신은 숲에서 나무의 열매를 따먹으면서 쉬고 있는 역할인가 달리고 있는 역할인가? 나는 늘 나의 숲속에서 토끼와 같은 먹잇감을 포착하여 달려가는 맹수와 같은 삶을 살았다. 나눠져 있는 길을 마주할 때면 토끼의 흔적을 찾아 주저 없이 매섭게 앞으로 나아갔다. 때론 길을 가로막거나 나의 이러한 모습을 비아냥거리는 나뭇가지와 돌들은 치워버리면서 내 시선은 오직 토끼를 향해 가고 있었다. 쫓는 와중에 틈틈이 샘을 보면서 용모를 점검하거나 어느 앞선 포식자들의 발자국을 분석하며 방향을 정하곤 했지만, 여전히 남들보다 경쟁하여 더 이기고 싶은 마음에는 브레이크를 걸지는 못했다.

20대 중 후반, 일방통행만 하던 나의 삶에 여러 포식자들이 들어섰다. 나는 그들과 함께 달리기도 했고 때론 넘어져서 그들이 앞서가는 것을 멍하니 보고, 뒤처질 때는 무시를 당하기도 하며 그렇게 절뚝거리면서 앞으로 나아갔다. 하지만 곧 새로운 토끼를 발견했고, 나는 그 토끼를 향해 나는 다시 돌진하고 있었다.

20대 중반에 대학을 졸업하고 금융권에 취업을 했다. 짧게는 몇 초에서 길게는 30분까지 고객들의 업무를 처리하면서 수많은 고객들을 만나고 있다. 나의 업무는 고객을 상대하는 업무뿐만 아니라 공과금이나 ATM기 업무를 처리해야 하는 일도 포함한다. 그러한 전산 업무를 처리할 때는 누군가가 방해를 하면 아주 예민하게 반응하곤 했다. 그게 누구든 내가 쫓는 일에 끼어드는 순간 방해물일 뿐이었다. 주로 나의 일이 우선이었고, 내가 당장 해야 할 일이 최우선이었다. 나는 서서히 일터에서 자리를 잡아갔고 그 목표를 위하여 분 단위까지 시간을 계획하고 아껴가며 일에 매달렸다.

어느 날 그런 내가 잠시 멈추게 된 날이 있었다. 그날도 평소와 다르지 않았다. 오후 3시가 되었고 전산업무를 하던 와중 보라색 가디건에 지팡이를 짚은 할머니가 번호표를 뽑지 않고 내 자리에 비틀거리며 걸어오셨다. 한 달에 한두 번 정도 국가보훈연금을 타러 오셔서 가끔 말을 나누던 할머니였다. 할머니는 늘 혼자 오시는 분이었다. 사정이 아주 어려워 보이진 않았지만 좋아 보이진 않았고 건강해 보이진 않았다.

한번은 할머니가 보훈연금을 받으시는 이유에 대해서 말씀하신 적이 있었다. 할아버지께서 월남전에 참전하셨고 돌아가셨다고 하셨다. 그때 나이가 언제셨냐고 여쭤보니 20살 정도라고 하셨다. 20살, 내가 대학교에 들어갔을 나이다. 지금 생각해도 갓 대학을 들어갔던 신입생들의 모습이라고 생각하니 깜짝 놀랐다. 실례가 되었을지도 모르지만 나도 모르게 재가는 왜 안하셨냐고 여쭤보았다. 할머니는 그냥 하지 않았다며, 그 시절은 다 그렇게 살았다며 수줍게 웃으셨다. 웃으시면서 깊이 팬 주름살에는 할머니의 20살의 추억이 담겨져 있는 듯했고 그리움이 담겨져 있는 것 같았다. 돈을 출금해드리고 할머니의 뒷모습을 보는 순간 나도 모르게 찡했던 기억이 있다.

그랬던 할머니가 그날 다가왔을 때 나는 하던 일을 멈추기 아쉬웠던 듯 마우스의 클릭을 멈추지 않았다. 일을 하면서 한편에는 왜 나에게 또 오시는 걸까 바쁜데, 번호표는 뽑고 오셨으면 좋겠다는 생각도 했다. 그리고 4시가 되기 전에는 이 모든 일을 처리해야 하므로 더 이상 나에게 손님이 안 왔으면 좋겠다고 생각했다. 나는 할머니의 얼굴을 똑바로 보지 않고, 파란색 전표를 건네며 "혹시 금액을 쓸 수 있으셨던가요? 힘드시면 이름만 적어주세요" 라며 나의 일에 집중했다. 지렁이처럼 이름을 구불구불하고 느리게 쓰시던 할머니가 이름을 쓸 수 있을 때까지 난 약 3분의 업무시간을 벌 수 있었다.

3분 후 할머니께서 나에게 건네신 것은 파란전표 대신 하얀 우유였다. "이거 먹고 해." 오른손으로 얼떨결에 건네받은 우유는 미지근했다. 할머니의 집 장판 위에 있었던 거었을까, 목욕을 다녀오시면서 사오신 걸까? 갑자기 수만 가지의 생각이 지나갔다. 하지만 그 생각을 밀어내고 차지한 것은 가슴 한켠의 따스함이었다. 내가 더듬거리면서 한 말은 "감사해요, 이런 거 안 주셔도 되는데. 할머니 드시지"였다. 사실 어떠한 말을 할머니께 전해드려야 할지 몰랐다. 호탕하게 웃으면서 우유를 원샷을 할까, 탕비실에서 과자를 가져다 드릴까 고민을 했지만 나는 그저 멍하니 우유를 바라보고 있었다.

2년 넘게 일을 하면서 소소하게 고객들에게 선물을 받곤 했지만 지금처럼 할머니의 미지근하고 하얀 우유를 받았을 땐 어떻게 해야 할지 내 사고회로 속에 가이드라인은 없나 보다. 그냥 내가 아까 했던 생각들이 부끄러웠다. 그리고 많이 죄송했다. 밀린 대기수는 없었지만 정신없이 출금을 하고 할머니를 보내드렸다. 할머니가 가신 이후로도 내 시선은 미지근한 우유로 향했다. 유통기한은 3월 3일까지였다. 나는 미지근한 우유가 상하지 않도록 회사의 작은 냉장고에 넣었고 유통기한이 지나기 전에 먹겠노라고 결심했다.

나는 매일 성적이나 목표수치를 확인하기 좋아하던 사람이다. 수치를 보면 뿌듯하고 내가 잘하고 있노라고 다시 나를 다잡을 수가 있다. 하지만 그 데이터에 나의 부족한 설명을 끝까지 들어주고 도와주었던 사람들의 마음들이 약간 밀려났었다. 내가 그렇게 맹수처럼 달려올 수 있게 해왔던 것은 내 다리가 빨라서만은 아니었다. 내가 달릴 수 있도록 길을 만들어준 사람들 그리고 응원해준 사람들이 나의 주변에 있어서였다.

몇 년 전 영화제에서 화제가 된 유명배우의 수상소감이 있다.

"저는 그저 60명 정도 되는 스태프들이 밥상을 차려놓으면 그저 맛있게 먹기만 하는 되거든요."

나는 어릴 때 사람들이 왜 수상소감에 그렇게 열광적인지 이해를 하지 못했다. 하지만 이제는 알 법도 하다. 모든 일의 성취는 나만의 노력으로만 이루어진 것은 아니다. 주변 사람들의 지원과 사랑의 상호작용으로 이루어진 결과물인 것이다.

나는 오늘도 달린다. 하지만 혼자 달리진 않을 것이다. 따스한 봄바람과 벚꽃 잎과 땅 속의 지렁이와 달릴 것이다.

의미 있는 날

의미 있는 날이란 다양하게 해석할 수 있다. 어떤 날은 즐거워서, 슬퍼서, 괴로워서 의미가 있을 수 있다. 하지만 하나를 꼽자면 익숙한 삶을 넘어서서 도전했던 나의 경험을 이야기하고 싶다. 뉴턴의 운동법칙 중 하나에 관성의 법칙이 있다. 외부에서 힘이 가해지지 않는 한 모든 물체는 자기의 상태를 그대로 유지하려고 하는 것을 말한다. 즉, 정지한 물체는 영원히 정지한 채 있으려고 하며 운동하던 물체는 등속 직선운동을 계속 하려고 하는 성질을 말한다. 사람의 삶도 그런 법칙이 있는 것 같다. 우리도 익숙한 것을 추구하는 경향이 있다. 도전을 해도 내 삶을 크게 벗어난 도전을 주저한다. 아마 도전을 하려고 하는 순간에 많은 방해물이 있을 거라 미리 걱정해서 하지 않은 것은 아닐까. 마치 거칠거칠한 바닥에서 어마어마하게 무거운 짐을 밀면 바닥의 마찰력이 격렬하게 방해하는 것이 당연히 상상되듯 말이다.

　대학교 때 강의에서 사람의 운명에 대한 철학 강의를 들었을 때, 운명은 바뀔 수 있다는 긍정적인 메시지는 확실했다. 하지만 대부분의 사람들은 용기와 의지가 부족하기에 바꾸지 못한다고 한다. 하지만 굳이 자신의 사주에서 전혀 제시하지 않은 일을 기어코 하는 사람들이 있다. 하늘은 그들에게 재능이나 운을 내려주지 않기에 수많은 장애물을 만난다. 하지만 운명을 극복하고 이겨내서 성공하는 사람들이 있다. 이는 일종의 자연의 법칙에서 벗어난 사람이자 관성의 법칙에서 벗어난 사람들이다. 어마어마한 마찰력을 이겨내고 당당하게 짐을 밀었던 그들은 자신의 이야기를 전파하면서 성공자, 개척자라고 불린다.

　나에게도 이러한 관성의 법칙에서 잠시 벗어났던 이야기를 해보고자 한다. 사실 이 이야기는 취업을 위해 자기소개서 주제로 많이 썼던 이야기이다. 지금은 누군가가 준 종이가 아니라 내가 내 자신에게 준 종이에 그때의 경험을 사실적으로 담고 싶다. 나는 대학교 때 취업에 대해서 별 생각이 없었다. 내 관심분야 자체가 취업이 힘들었던 인문학이기도 했지만, 나는 멀티플레이어가 될 자질이 부족했다. 나는 관심 있는 분야가 생기면 몇 년 동안 하나만 하는 스타일이다. 하지만 세상은 취업준비생들에게 멀티플레이를 원했고, 머리가 아팠던 나는 취업을 마치 세상의 종말쯤으로 생각하며 신경을 쓰지 않았다. 언젠가 오겠지. 그리고 그 종말은 사과 나무를 심을 틈도 없이 성큼 다가왔다. 이제는 도망갈 수 없었다. 하지만 나는 비루한 스펙이었다. 학점도 그다지 좋지 않았으며 영어성적 외엔 자격증 자체가 없었고 인턴경험도 없었다. 한참 재미가 붙었던 교육 멘토링 300시간과 영어성적 외에는 아무것도 없었다. 전공은 상경계열을 배웠던 것 같은데(?), 2학년 때부턴 거의 인문대 건물에 죽치고 살아서 기억나는 것도 없었다. 그리고 취업을 시작할 때, 원서를 썼는데 100전 100패였다.

충격이었다. 왜냐하면 그래도 주변 친구들은 100개를 쓰면 2개는 면접을 보러 갔는데 나는 면접 정장조차 살 기회가 없었기 때문이다. 울며 겨자 먹기로 졸업 직전에 자기소개서를 첨삭해 주는 취업 스터디에 처음 들어갔다. 첨삭 도중 한 스터디원이 말하길 내 자기소개서를 보더니 앞으로 계속 떨어질 것이라고 했다. 그 말을 듣고 기계적으로 매일 쓰고 있었던 자기소개서 작성을 모두 중단했고, 이력서의 칸들을 모두 지웠다.

그 사람이 얼마나 잘났느냐, 그 사람의 말투가 얼마나 기분 나빴는가는 중요하지 않았다. 지금 나의 상황을 정확하게 분석하고 있는 사람은 그 사람이었기에 집요하게 어떻게 해야 하냐고 문자 직무를 정하고 기업이 좋아할 만한 경험을 쌓으라고 했다. 하다못해 영업이라도 뛰라고 했다. 기술이 아니라면 문과의 모든 직무는 영업과 관련이 되어 있다면서. 아니면 그만두고 다른 길을 찾아도 늦지 않다며 도전해 보라고 조언을 했다.

그 순간 취업에 대해 너무 답답해서 타로카드를 보러 갔던 기억이 떠올랐다. 타로카드로 상담을 하던 그 언니는 도도한 목소리로 타로카드를 읽었다,

"영업은 아닌 거 같은데. 언니는 입에 발린 말을 못하잖아요."

왜 마침 그녀의 목소리가 떠올랐을까? 지금 내 주저하는 마음을 합리화하기 위해서일까. 나의 성격을 개척할 용기가 없어서일까? 나는 영업 자체를 해볼 생각도 없었는데. 하지만 해보고 후회해도 늦지 않았다고 생각했다.

우선 나 혼자 할 수 있는 능력이 부족하기에 수소문하여 정수기 방문판매 조직에 들어갔다. 다행히 친구 한 명을 설득하여 함께하여 영업을 시작했다. 대부분 사람들은 친인척들부터 시작하지만 나는 주변에 알리지 않고 개척영업으로 시작을 했다. 매일 구역을 정해서 오전 10시부터 5시까지 돌아다니면서 제품을 설명하고 권유를 했다. 95%는 물론 거절의 말이었다.

어떤 날은 들어가는 철문조차도 너무 차가워 보이는 날이 있었다. 내가 이 문을 들어서면 빙산과 같은 차가움을 마주하려는 생각을 하니 마치 타이타닉 호에서 아슬아슬하게 빙산과 마주하고 있는 기분이었다. 다행히 나는 판매를 시작하고 일주일 만에 한 대를 판매하는데 성공했다. 내가 사는 동네의 3층짜리 학원이었는데, 간단히 설명을 하고 나왔는데 방문했던 학원 원장님께 전화가 왔다. 그리고 계약을 하겠다는 의사를 밝혔지만, 하기 전에 이야기를 나

누고 싶다고 했다. 떨리는 마음에 나와 친구는 저녁부터 정수기 필터분석부터 화법까지 꼼꼼하게 체크를 하고 예상되는 질문에 대한 답변을 준비했다.

다음날 마주할 분은 전화온 원장님이 아니라 여자 부원장님이었다. 나는 내 인생에서 어색한 말이지만, 영업계에서는 최고의 인사말이라고 일컫는 문장으로 그녀를 맞이했다. "동안이시네요!" 순간 그녀는 '이 사람 뭐지?'라는 표정을 짓다가 이내 웃으면서 맞아주셨다. 나는 준비해온 두유를 주섬주섬 꺼내면서 설명을 시작했다. 연륜과 카리스마로 무장한 그녀의 눈빛에 온 몸이 나의 몸을 엑스레이로 찍는 것 같았지만 나는 첫 계약을 따냈다. 그 학원을 운영한 남자원장님은 학원뿐만 아니라 고기집도 운영했고 그 가게 정수기도 우리에게 계약했다. 일을 그만두고 그 사장님 집에서 고기를 먹고 정수기 뒤에서 나 혼자 읊조렸다. 정말 고마웠다고. 아무도 못 들었을 것이다.

나에게 의미 있었던 큰 이유는 성공의 경험뿐만 아니라 나를 돌아볼 기회도 되었기 때문이다. 동네의 한 음악학원에 오래된 정수기가 있었다. 마침 바꿀 시기여서 여러 번 방문을 했다. 하지만 서로의 의견이 좁혀지지가 않아 포기하고 돌아갈 때 등 뒤에서 이런 소리를 들었다.

"그러게 공부 좀 열심히 하지. 너희들 고등학교 밖에 안 나와서 이 일을 하는 거지?"

사실 이 말을 들었을 때 나에게 해당되는 사실은 아니라 크게 상처를 받지는 않았다. 하지만 이런 직업 차별적인 발언을 대놓고 할 수 있는 세상이구나. 내가 생각하는 것보다 사람들은 보이는 외면에 대해 냉정하구나라고 생각하며 씁쓸했다. 혹시 나는 그런 적 없었을까? 차별적인 언어가 아니라도 내가 혹시 누군가를 비언어적으로 무시하는 행동을 해서 상처를 입힌 적이 없나 돌아보는 계기였다. 어디서나 대학생이 아닌 방문 판매원이었지만 물건을 사지 않아도 따뜻하게 대해주는 사람이 있었고, 이렇게 막말을 하는 사람도 있었다. 내가 나중에 성공을 한다면, 전자가 되고 싶다는 생각이 들었다.

그 이후로 나는 6개월 뒤에 지금의 회사에 취업을 해서 해피엔딩으로 끝났다. 물론 지금 하는 일도 고객을 대하고 영업을 해야 하는 직업이라 내가 했던 그 경험이 도움이 된다. 하지만 언어적인 스킬보다는 마음가짐이 달라졌다. 예전보다는 거절을 두려워하지 않는 것과 겸손함이다. 물론 일을 할 때 두렵고 때론 겸손하지 못할 때도 있지만, 나는 힘이 빠질 때마다 내가 그때 도전했던 기억을 상기시킨다. 그리고 웃으면서 다시 일어선다. 예전에 타로카드 아가씨가 말했던 "입에 발린 소리를 못한다"는 말은 어떤 측면에서는 내가 굳이 남의 마음을 얻으려고 노력을 많이 해보지 않았다는 소리였던 것 같다.

나는 딱딱함에서 부드러움으로, 익숙함에서 새로움으로 나아가고 싶다. 기존의 나를 유지하고 싶어 하는 습관과 편하고자 하는 마음이 나를 가로막고 주변의 외부와의 마찰이 심할 때도 있겠지만 나는 기어코 지금보다 나은 삶으로 나아가고 싶다. 때론 자연스럽게, 그리고 자연을 거스르면서 말이다.

나의 어릴 적 신선했던 꿈,
신선

　나의 어릴 적 꿈은 신선이었다. 신선의 삶이란 구름이란 운송수단을 이용하며 자연에서 마음껏 장기를 둔다. 중간고사나 기말고사는 치지 않아도 되며 두발자유가 허용되는 삶이었다. 이 부분에서 작가가 어릴 때부터 좀 정신이 이상했냐고 의심을 할 수도 있지만, 계기가 있다.

　교과서에서 신선에 대해 나온 대목이 있다. 한 남자가 산을 오르다가 어떤 소리가 들려서 가보니 여러 명의 흰 옷을 입고 있는 사람들이 장기를 두고 있었다. 무언가에 이끌려서 그들과 함께 하게 되고 장기를 두면서 몇 시간동안 이야기를 했다. 그리고 다시 집에 돌아가니 가족들은 다 없어지고 후손들이 살고 있었다고 했다. 한낱 전설일지도 모르겠지만 이때 나에게 정말 신선은 신선한 존재였다. 은어를 좀 쓰자면 좀 있어보였다. 친구 따라 갔던 교회나 절에서 듣던 그런 이야기와 좀 달랐다. 초월적 존재임에도 청년에게 훈계를 하지 않고 그저 장기만 두고 보냈다는 것 또한 신선했다.

그렇다. 나는 잔소리를 엄청 싫어했던 것이다. 학창시절, 매년마다 학교에서는 장래희망을 적는 종이를 나누어주었다. 나의 장래희망을 적으려 할 때 항상 옆 칸이 신경 쓰였다. 왜냐하면 옆 칸에는 부모님이 희망하는 장래희망을 쓰는 칸도 존재했기 때문이다. 나는 그 칸을 꼭 부모님께 물어보고 쓰거나 아니면 내 칸을 비우고 부모님께 적어달라고 했다. 가끔 사회적으로 인정을 덜 받는 직업을 적어낼 때면 아빠의 미간이 찌푸려졌다. 언제부턴가 나는 장래희망을 생각하지 않았다. 어차피 장래의 희망으로 끝날 거 같아서 말이다. 교과서에서 신선의 이야기를 읽고 난 뒤에 신선에게 빠진 나는 장래희망에 잠시 신선이라고 적을 뻔 했었다. 하지만 이내 혼자서 웃음을 터뜨리고 지우개로 슥슥 지운 뒤에 5초를 생각하고 '공무원'을 적어냈다. 그 후에 담임선생님이 나에게 다가와서 너무 삭막한 장래희망을 적어낸 거 아니냐고 하셨다. 하지만 너무 신선한 '신선'의 꿈을 적어냈다면 나는 교무실로 불려갔을 것이다. "왜 장난으로 꿈을 썼니?"라며 훈계를 들으면서 말이다.

잠시 동안 품었던 인생의 롤모델은 추억의 서랍 속에 묻어두고 나는 성인이 되었다. 나는 여전히 내 마음속에 장래희망 칸을 채우지 못했다. 22살 때, 대학교 수업에서 우연히 노장사상에 대해서 깊이 접할 기회가 생겼다. 우리나라는 유교 문화권이다. 그래서 학교 교육과정에서 공자나 맹자의 명언을 많이 접했고 노자나 장자는 존재만 알고 있거나 간단한 사상 정도만 배웠다. 그래서 나는 당연히 유가사상이 세상의 기본윤리라고 생각을 했다. 이러한 유교를 비판한 것이 노장사상이다. 처음에는 어떻게 예의바른 덕의 학문을 감히 비판할 수 있을까라고 생각을 했다. 유가적 가치기준은 경쟁하는 세상 속에서 남보다 위에 서고, 남보다 많은 것을 알고, 남보다 좋은 것을 가지고, 남보다 큰 권력을 가지는 것이다.

반면에 도가사상은 이러한 삶을 세상의 혼란만 불러일으키는 부질없는 것으로 본다. 그래서 입신양명보다는 개인의 자유와 행복을 강조한다.

노장사상의 대표적인 책 《장자》에서 첫 부분인 '소요유'에서는 자유와 행복을 달성하는 데 여러 가지 차원이 있다고 설명한다. 책에 등장하는 붕새라는 가상의 새의 등은 수천 리를 알지 못할 정도로 넓으며 날개가 하늘에 드리운 구름 같다고 표현한다. 이에 대해 매미, 비둘기, 메추라기는 붕새의 세계를 이해하지 못하여 비웃는다. 장자는 차원상의 문제를 떠나, 장자는 자신과 다른 존재의 차이를 인정하지 않고 자신의 기준에 의해 모든 것을 평가함으로써 세상의 온갖 문제가 생기고, 서로를 고통스럽게 하고, 자신도 고통 속에 산다고 한다.

우리는 서로 다른 외관과 성격과 장점을 지니고 있다. 그런데도 우리는 서로 끊임없이 비교하며 괴로워하고 경쟁한다. 몇 번의 내기에서 잠시 승리하더라도 영원히 승리할 수 없기에 밀려나면 괴로워한다. 그렇다면 내기에서 진다면 우리는 쓸모없는 존재일까? 각개의 존재는 그의 본성과 개성이 있다. 이를 쓸모 있음과 쓸모 없음으로 나눌 수 있는가? 한 시대에서 쓸모 있는 능력이 다음 시대에서는 쓸모없는 능력이 되기도 한다. 우리는 절대적인 기준을 세워 그 기준에 미치지 못하는 사람들을 쓸모없다고 말할 자격이 있는가?

공부를 하면서 어릴 적 내가 '신선'이라는 낱말을 장래희망의 칸에 적을 때 무슨 생각을 했을까 생각이 들었다. 나는 어릴 적부터 항상 쓸모 있는 나무가 되기 위해서 노력을 했다. 남들보다 앞서나가야 했고 옆 친구가 공부를 더 잘하면 질투심이 나곤 했다. 나보다 더 뛰어난 능력을 가진 친구를 보면 그 능력을 인정하기보다는 내가 쓸모없는 사람이 된 기분에 열등감으로 가득 찼다. 20대 초반에 그런 나에게 지쳐 있었다. 끝난 줄 알았지만 대학교에 진학해서도 학생들은 쓸모 있는 인재가 되기 위해서 달리기를 시작했다. 힘차게 달리고 있는 그들과 달리 예전처럼 다시 시작할 엄두가 나지 않았다. 달리기가 지나면 다른 마라톤이 시작될 것이다. 숨이 차올랐다. 장자는 이런 나에게 깨달음을 주었다.

남들과 비교하지 않아도 괜찮다. 사람들의 눈에 띄는 재목이 아니라면 목수의 눈에 띄어 베일 염려도 없으며 사람들에게 시원한 그늘을 만들어 준다. 이 자체로 넌 쓸모없는 나무가 아니다. 그렇기에 너는 그 자체로 소중한 존재이다. 쓸모 있음은 쓸모 없음이 되고 쓸모 없음은 쓸모 있음이 되기도 한다. 고로 둘을 나누는 것은 어리석은 것이다. 나는 이분법적 시각의 고통에서 벗어날 자유를 갈망하고 있었다. 주류와 비주류, 유망한 직업과 유망하지 않은 직업, 뚱뚱함과 날씬함, 아름다움과 못생김. 우리가 만약에 나누지 않는다면 자유와 행복을 찾을 수 있을까? 그리고, 나는 행복해질 수 있을까?

물론 현대사회에서는 경쟁은 불가피하다. 누군가는 장자는 운둔의 아나키스트라고 하지만 나의 생각은 다르다. 장자는 그의 사상을 말할 때 모든 사람이, 모든 경쟁을 피해 자연인처럼 산속에 들어가서 살기를 원하진 않았을 거 같다.

그저 우리는 각자의 장자의 모습으로 살면 된다. 각자의 가치관과 모습으로 자유와 행복을 누리면 된다. 나의 지금은 내가 어릴 적 꿈을 꿨던 신선의 모습과 가까워지고 있다. 나는 더 이상 남들과 비교하지 않는다. 물론 나도 사람인지라 가끔 남들과 비교하기도 하지만 의식적으로 자제하려는 노력하고 있다. 그렇지만 내 자존감은 올라갔다. 예전에는 늘 쓸모가 있는지 아닌지 확인하며 무언가를 시작했지만 지금은 내가 하고 싶어 하는 것을 시도해 본다.

예를 들면 줌바댄스를 시작한 것이다. 지금은 쓸모 없는 재능으로 보이지만 나중에는 쓸모 있는 재능이 될 수 있기 때문이다. 또한, 이제는 경쟁이 아닌 곳에서도 기쁨을 찾을 줄 안다. 경쟁보단 함께한다는 것에 의미를 두기 시작했다. 물론 신선과 가까워졌다고 나는 흰 수염과 흰 옷을 입고 구름을 타고 날아다니지는 않는다.

그저 봄이면 벚꽃을 보며 봄을 즐기며, 여름에는 울창한 나무를 존중하며, 가을에는 코스모스를 머리에 꽂고, 겨울에는 차가운 이슬을 느끼는 그런 신선이 되고 싶다.

후회되는 일

사실 나는 후회라는 말을 엄청 싫어한다. 후회해도 결과는 달라지지 않기 때문이다. 나의 경험상 출근길에 버스를 놓쳐 땅을 치며 울어도 버스는 돌아오지 않는다. 차라리 후회할 시간에 돈을 더 주고 택시를 타거나 같은 노선의 다른 버스를 검색한다든가 더 가치있는 것을 하자는 생각이다. 하지만 그래도 내 인생에서 후회하는 점을 하나 꼽으라면 책을 읽지 않은 것이다.

과거에 책을 아예 읽지 않았다고 할 수 없다. 하지만 공부 외에 독서를 한 번도 즐긴 적도 없고 다양한 분야의 책을 접하지도 않았다. 그저 책은 기존의 내 지식과 주장을 공고히 하는 수단이라고 생각했다. 지하철에서 책을 읽는 사람들을 보면 '참 유식한 척한다'라고 생각하기도 했고, 한편으로는 독서가 삶의 쉼터가 될 수 있다는 것이 신기했다.

나는 어릴 적부터 논증하고 분석하고 의심하는 공부를 좋아했다. 특히 '절대적 가치'에 대한 의심과 비판, 절대 무너지지 않을 것 같은 '주류'에 대한 가치를 비판하는 것을 좋아했다. 어떤 사람이 의견을 제시할 때 공감도 했지만 나의 논리와 일치하지 않을 때는 말꼬리를 잡아서 비판도 많이 했다. 나는 꼿꼿한 막대기 같았다. 나는 그 막대기를 차가운 논리와 지식들로 길게 만들었다. 날카로운 사각의 모서리를 가질수록, 좀 더 딱딱해질수록, 내가 강해지는 기쁨에 뿌듯했다.

나는 3살 때부터 할머니랑 함께 살았다. 할머니는 만성우울증 환자였다. 내가 본 할머니의 인생의 전부는 매주 바뀌는 병원을 다니는 것이었다. 초등학교 때 방학이 되면 나는 할머니와 함께 병원을 자주 따라다녔다. 그때는 병원냄새가 집 냄새보다 익숙했고 병원진료가 끝나고 할머니는 항상 어묵이나 김밥을 사주셨다. 때론 먼 병원을 갈 때면 2시간씩 차를 타곤 했는데 그때 어묵과 김밥을 먹으면 피로가 풀렸다.

중학생이 돼서는 더 이상 따라다닐 시간이 없었다. 맛있는 어묵과 김밥보다는 그 시간에 공부를 하거나 친구들과 놀았다. 그렇게 할머니와 있는 시간은 점점 줄어갔고 성인이 돼서는 더더욱 할머니가 이야기를 나눠본 적이 별로 없다. 대신 싸움이 늘었고 서로에 대한 오해만 늘었다. 할머니는 친구도 만나지도 않았고 병원에 가거나 방에 갇혀 있었다. 이해를 못하는 상황은 아니었다. 할머니는 젊었을 때 남편을 잃고 떡 장사를 하면서 아버지를 키우셨다. 그래서 경제적 정신적으로 항상 혼자 모든 것을 버텨오셨다.

할머니의 유일한 희망은 매번 바꾸는 병원에는 자신을 완전히 치료해줄 의사가 있다는 것이다. 그리고 사람들에게 당신이 얼마나 아픈지 설명하는 것이다. 나는 우연히 동네사람들이나 친척들이 "할머니 아픈 건 괜찮으시니?"라는 인사말이 너무 듣기 싫었다. 평생 끝나지 않을 거 같았다.

내가 성인이 되고 할머니는 나서는 1년에 4번씩 응급실에 가셨다. 갈 때마다 의사는 계속 병명이 없다고 했다. 저런 증상을 일으킬 이유가 없다며 계속 고개를 저었다. 그렇게 입원을 할 때마다 나는 일 나가는 부모님 대신 밤을 새워 간호를 했다. 할머니는 새벽에 자고 있는 나를 계속 깨워서 요구사항을 말하고 투정을 부렸다. 몇 년간 나는 응급실에서 밤을 지새워야 했고 시달려야 했다. 일부러 아프지도 않으면서, 할머니가 나를 괴롭힌다는 사실에 참을 수 없는 분노가 치밀었다.

'가족이면 내가 성공할 수 있도록 물심양면으로 도와줘야지 왜 이렇게 나를 괴롭히는 걸까? 나도 충분히 내 삶이 힘들고 괴로운데…….'

할머니가 더욱 투정부릴수록 나는 상대에 맞지 않는 토론을 전개했다. 보다 못한 아버지는 "네가 무슨 또래 친구랑 싸우냐? 왜 자꾸 싸움을 키우냐?"라며 면박을 주었다. 나는 그 말에 귀를 꽉 닫고 나의 꼿꼿한 막대기와 날카로운 모서리로 할머니와 대치했다. 일종의 오기였다. 내가 여기서 지면 할머니처럼 살 것 같았다. 끔찍하고 두려웠다. 후회와 회한을 거듭하며 눈물로 호소하며 사는 것, 할머니처럼 살기 싫었다.

할머니는 요양병원에 정확히 6개월을 계신 뒤에 작년 6월에 돌아가셨다. 할머니는 살아계실 때 종종 자신이 죽으면 "너는 정말 땅을 치고 후회할 거다"라고 했다. 장례식 때 많이 슬프고 할머니가 불쌍했긴 했지만 내 행동을 그리 후회하진 않았다.

할머니가 돌아가신 후에 얼마 지나서 나는 출퇴근길에 본격적으로 책을 읽기 시작했다. 서점에 가서 평소에 한 번도 읽지도 사지도 않았던 시집도 사보고 자기계발에 대한 책도 샀다. 시집을 읽을 땐 마음이 부들부들 연두부가 되는 것 같았고 자기계발에 대한 책은 읽을 때만은 실천하고 싶은 마음이 생겼다.

특히 데일 카네기 저자의 《인간관계론》을 읽으면서 나의 대화법에 대해서 곰곰이 생각을 해보았다. 나는 이미 다 알고 있었지만 남에게 상처가 될 수 있는 비판과 말을 함부로 한 적도 많았다. 내가 논리적으로 완벽하다고 생각을 해서 내뱉은 말이 남에게 비수가 될 수도 있다는 점, 특히 가장 나와 말을 많이 하는 사람들에게 말이다. 상식선으로는 다 아는 내용이지만 나는 진정하게 알지 못했고 외면했다.

또한 내가 글을 쓰면서 긍정적인 단어보다는 사람들이 부정적이라고 일컫는 단어의 비중이 크다는 것을 알았을 때, 나는 무의식중에 이것도 할머니 때문이라고 생각을 했다. 어릴 적 우울하고 부정적인 이야기를 많이 들었고, 내 무의식 속에 그런 단어가 많이 박혀서 그런 말을 하는 것이라며 프로이트 심리학을 핑계대면서 나는 내 인생을 핑계대고 있다. 그것이 대부분 사람들이 많이 이야기하는 '주류의 심리학'이기도 하다.

최근에 읽은 책《미움 받을 용기》에서 아들러는 이야기한다. "생활양식이 선천적으로 주어진 것이 아니라 스스로 선택한 것이다." 내가 할머니에게 부정적인 단어를 들은 것은 사실이지만 내가 그 부정적인 단어를 다시 선택하는 것은 내 의지와 선택이란 말이다. 나는 주류를 비판하는 것을 좋아했으면서 내가 정작 편한 주류의 철학에서 벗어나질 못했다. 나는 할머니가 돌아가시기 전에도 돌아가신 후에도 모든 것을 할머니 탓으로 돌렸다. 그것이 할머니에게 들이댄 막대기 속에 점철된 어설픈 논리였다.

아리스토텔레스는 앎과 행동을 일치하지 않으면 아는 것이 아니라고 했다. 진정한 선은 앎과 행동의 일치라고 했다. 나는 책을 읽을수록, 알기만 했고 전혀 행동하지 않았다는 것을 깨달았다. 그리고 책이 습관이 되고 독서 호르몬이 생기면서 나의 공감세포가 하나씩 작동하는 것을 느꼈다.

만약 과거에 할머니가 병원에서 끝도 없이 투정을 부리셨을 때

"왜 자꾸 나를 괴롭히는 거야, 이유가 도대체 뭐야"라는 말도 하겠지만 "많이 힘들지"라는 말을 해줬을 거 같다. 물론 항상 따뜻한 말을 하지는 않았어도 10번 중에 2번은 그런 말을 해줬을지 않을까라는 후회가 든다.

내가 가족이 무조건적으로 해주는 존재이길 바란 만큼 할머니 또한 가족에게만은 항상 따뜻한 위로를 받고 싶었을 것이다. 이 깨달음이 할머니가 말한 소위 그 땅을 치는 후회인가 싶기도 하다.

저번 주 토요일 시민도서관에 《언어의 온도》라는 책을 빌리러 갔다. 하지만 내가 맞이한 것은 책이 아니라 '공사 중이므로 잠시 휴관합니다'라는 팻말이었다. 집으로 바로 가는 버스를 타려고 했지만, 봄의 따뜻한 햇살이 아까워서 걸어가던 중에 몇 개의 요양병원을 지나쳤다. 처음엔 그 병원 특유의 익숙한 냄새에 이마를 찌푸렸다. 그리고 한 마을버스 정거장 앞에 또 하나의 요양병원이 있었다. 병원복을 입은 한 할아버지가 봄의 햇볕을 쬐면서 눈을 감고 서계셨다. 나는 잠시 쪼그리고 앉아 할아버지를 바라보았다. 저 할아버지는 혹시 어떤 생각을 하실까? 봄이 행복하다고 생각하실까 아니면 과거에 이루지 못한 봄에 대해서 생각하고 계실까? 그 할아버지가 봄을 느끼는 모습에 우리 할머니의 봄이 겹쳐져 보였다. 드디어 할머니에게도 봄이 왔을까.

chapter
7

꿈모닝,
공기업 다니시면
좋겠어요~?

• 서정연 •

서정연   사람들은 나에게 묻는다. 공기업 다니시니 좋겠어요!! 지금도 무수히 많은 친구들이 내가 근무하는 공기업으로 도전한다는 것을 잘 알고 있다. 나도 그들의 위치에 있어 봤고 그들처럼 간절히 바라왔다. 그리고 그것은 꿈으로 이루어졌지만, 나는 허무하게 서 있을 뿐이었다. 공기업 다니시면 좋겠다는 그 사람들에게 다시 한 번 묻고 싶어 펜을 잡았다. 나와 함께 일하기 전에 중요한 자신을 잃지 않을 준비가 되었느냐고.

나를 통해 꿈을 찾아나가기

　R=VD라는 말이 있다. '생생하게 꿈꾸면 이루어진다.'라는 말이다. 이 말을 쉽게 믿고 싶을 수도 있고 믿고 싶지 않을 수도 있다. 생생하게 꿈을 꿔보고 싶지만 생생하게 꿔볼 꿈조차 없는 게 현실이다. '꿈'이라는 단어는 찬란하게 빛이 나는 단어이지만 사람들에게 꿈은 막연하게 느껴진다. 꿈을 꾸는 게 꿈이 될 만큼 어떤 꿈을 가질지 방황하게 된다. 어렸을 때는 대통령, 경찰관, 소방관 등이 꿈이었다면 요즘 대학생들에게는 취업이 가장 큰 꿈이다. 취업을 먼저 한 선배로서 진로를 잡아가는 과정에서 도움을 주고 싶다. 현재는 공기업 사무직으로 일하고 있으며 예산, 계약, 급여 등의 업무를 맡고 있다.

　나 역시 취업이 목표였지만 무엇을 하고 싶은지, 어디에서 일하고 싶은지 모른 채 준비를 했다. 목표가 없는 취업준비는 취업 시기를 늦추거나 취업을 해도 적성이 맞지 않아 취직을 고려하는 경우가 발생한다. 또한 취업준비생이 자기소개서를 작성하며 어려움을 겪는 것이 지원동기와 입사 후 포부이다. 돈을 벌기 위해서, 취업을 해야 하기 때문에 무작정 지원한 회사의 지원동기를 제대로 작성하기란 어렵고 막막하다. 그렇기 때문에 회사에 입사하여 어떤 부분에서 일을 하고 싶은지 파악이 안 된 상태로 자기소개서를 작성한다. 입사 후 포부가 떠오르지도 않고 열심히 최선을 다해 인재가 되겠다는 천편일률적인 이야기밖에 나오지 않는 것이다.

우선 나는 내가 처해 있는 환경을 보며 나를 파악해 나갔다. 목표가 있어서 행정학과에 진학한 것은 아니지만 전공을 공부하면서 행정학이 나랑 맞는지는 파악할 수 있었다. 각자의 전공이 맞는지 어느 부분에서 더 흥미를 느끼는지 돌아보면서 전공 공부를 해나가기를 바란다. 나의 경우 지방재정, 기획 등의 수업을 들으면서 행정법, 법학보다는 재미를 느꼈다. 논문을 쓰는 수업을 통해서는 한 주제를 위해서 자료 조사와 설문지 작성의 과정을 배웠다. 이에 따라 다양한 자료를 수집하여 유의미한 결과를 도출해내는 과정이 재미있으며 행정, 사무업무가 맞겠다는 생각을 했다.

교과서적인 말일 수도 있지만 평소에 수업을 열심히 듣는 것도 많은 도움이 된다. 출석점수를 기본으로 받으며 학점관리를 할 수 있다. 수업을 통해 교수님의 성향이 파악이 되고 책에는 나오지 않는 설명들을 배울 수 있다. 이에 따라 교수님의 의도를 파악하여 과제를 할 수 있다. 학생들이 각자 시험 준비하면서 중요하다고 생각하는 부분을 위주로 공부하겠지만 교수님의 포인트와 벗어나서 공부를 하면 시험을 잘 치기 어렵다.

또한 다른 친구들의 필기를 보더라도 제대로 이해하고 필기를 베껴서 자기 것으로 만들기는 어렵다. 이는 수업을 열심히 들은 학생들이 시험을 더 잘 볼 수밖에 없는 이유다. 이러한 방법으로 학점관리를 잘해왔기 때문에 높은 학점을 사용하고 싶었다. 사기업보다 공기업이 학점을 높게 평가해주기 때문에 공기업으로 취업을 해보는 게 좋겠다는 생각을 했다.

학교를 벗어나서는 공모전, 국토대장정, 봉사활동을 하며 나를 알아갈 수 있었다. 처음 공모전을 준비했을 대는 공모전 수상에만 눈이 멀었고 공모전의 방향이나 취지를 파악하지 못하고 무작정 수상을 위해 열심히 준비만 했다. 수상은 당연히 못했지만 수상 실패의 경험들이 쌓여 다른 공모전을 준비할 때는 공모전의 목적에 따라 어떻게 준비해야 할지 방향이 보이고 큰 틀을 잡기가 수월해졌다. 이렇게 준비해서 인천항만공사의 아이디어 공모전에서 최우상을 수상할 수 있었다. 최우수상 발표 후에 우리의 아이디어에 대해서 피드백을 받았고 부족한 부분을 또 발견하며 성장할 수 있었다. 이때의 경험을 통해 자료를 만지는 사무업무를 잘 해낼 수 있겠다는 자신감을 가지게 되었고 입사 후에 자료를 모아 정리하는 데 실제로도 도움이 되었다.

여름방학을 이용해 국토대장정을 완주한 경험이 있다. 대학시절에 한 번은 해보고 싶어서 도전한 것이지만 완주의 과정을 통해 배운 점들이 많다. 더운 여름 날씨에 가방을 메고 계속 걸어가면 처음의 열정과 조원들의 소통은 줄어든다. 이대로 계속 걷기만 한다면 완주해도 기쁠 것 같지 않고 차라리 집에 가는 게 나을 수도 있다는 생각을 했다.

조장이 이런 상황을 파악하고 처지는 조원의 가방을 들어주고 같이 끝까지 완주하자며 조를 이끌었다. 서로에게 의지하고 하나밖에 없는 식량을 나눠먹으며 서로를 더 알아갈 수 있었다. 조장의 역할이 어때야 하는지 조원의 마음이 하나가 되려면 이렇게 해야 하는지 걷는 사이에 나도 모르게 배웠다.

단체생활을 하기 때문에 샤워시간이 5분으로 제한되고, 하루에 물 1통씩 받으며 나눠먹고, 화장실을 마음대로 가기 어렵기 때문에 먹는 것도 조심해야 했다. 불편하고 힘든 순간도 많았지만 평소에 누리던 것들에 감사하게 되었다. 공공분야의 경우 창의적인 일보다는 반복적인 업무가 주로 이루어지기 때문에 실제 면접에 가서도 반복적인 업무를 잘해낼 자신이 있는지 질문을 받기도 했다. 매일 걸으며 반복적인 일상인 대장정 완주를 통해 잘해낼 수 있음을 몸으로 배웠고 그 가운데서 조를 꾸려나가는 모습까지 갖추었다며 대답할 수 있었다. 나 역시 대장정을 통해 공공업무의 특성에 부합하며 잘 해낼 자신을 가지게 되었다.

전국 동아리인 봉사단체에 속하여 무료급식, 장애인 마라톤 도우미, 바다 정화, 쓰레기 줍기, 어린이들의 산타 되기, 요양원 봉사 등의 다양한 봉사활동을 했다. 도움이 필요한 사람들에게 도움의 손길을 줄 수 있음에 감사하면서도 봉사란 내가 일방적으로 도움을 주는 것에 그치는 게 아니라 상대방에게서도 많이 배운다는 것을 느꼈다. 봉사를 하고 싶다고 봉사가 바로 이루어지는 것도 아니며 봉사를 하기 위해 준비 과정도 필요하다. 회계 스태프로 봉사를 하면서 봉사자들이 봉사를 할 수 있는 환경을 만들어주는 것도 봉사이며, 봉사단체가 잘 운영되기 위해서 행정업무도 필요함을 알게 되었다. 신뢰하는 단체가 되기 위해서는 재정상태가 투명하게 이뤄져야 한다. 봉사단체의 회계를 맡으면서 재정 관리에 관심을 가질 수 있었고 다른 단체의 재정 상황을 파악하는 데 수월해졌다. 공공기관의 업무는 이익을 내기 위한 사기업과 달리 시민들이 편리하게 행정서비스를 받을 수 있도록 도움을 주는 역할을 한다. 봉사활동의 경험도 공기업으로 목표를 잡는 데 도움을 주었다.

전공에서부터 시작하여 다양한 대외활동을 통해서 나를 파악할 수 있었고 취업의 방향을 잡는데도 큰 역할을 했다. 평소에 생활을 할 때에 아무런 생각이 없이 보내면 좋은 일들도 아무렇지 않게 흘러가게 된다. 취업을 목표로 하고 있다면, 어디로 취업을 하고 싶은지 갈팡질팡하고 있다면 이제부터 고민을 시작하길 바란다. 전공공부는 나에게 적합한지, 전공 중에서도 어느 부분이 맞는지, 안 맞는 과목은 무엇인지부터 시작하면서 큰 맥을 잡아나갔으면 좋겠다.

교양 수업을 통해서 다른 전공에 관심이 생기면 복수전공을 통해 더 배워나가는 기회를 가지길 바란다. 전공에서 답을 찾기 어려우면 대외활동을 통해 다양한 경험을 해보는 것을 추천한다. 한 번 해보고 싶은 분야의 대외활동을 해봐도 좋고, 전혀 다른 분야의 대외활동을 통해 또 다른 나를 알아가는 것도 좋은 경험이다. 전혀 맞지 않는 활동을 했다면 진로를 정하는데 배제할 수 있는 항목이 생긴 것으로 감사하게 받아들이면 된다.

소크라테스가 "너 자신을 알라"라고 말했다. 우리가 깨달아야 할 것은 '나 자신에 대해서 내가 아무것도 모르고 있다'라는 사실이다. 자기 자신을 제대로 모르면 인생이 불행해진다. 세상에서 가장 현명한 사람은 '내가 자신을 잘 모른다는 것'을 깨달은 사람이다. 어떤 꿈을 꾸어야 할지 몰라서 찾고 있다면 이미 현명한 출발을 한 것일지도 모른다.

하루의 자유시간이 주어진다면

입시를 준비하는 학생이나 매일같이 출근하는 직장인들 모두 자신만의 자유시간을 갖고 싶지 않을까? 힘든 일상을 보내다 보면 하루라도 쉬고 싶은 마음이 크다. 하지만 자유시간이 주어졌을 때 그 시간을 잘 보낼 수 있을까? 대부분 평소에 하던 학업이나 일을 내려놓고 텔레비전이나 휴대폰을 보거나 잠을 자면서 보낼 가능성이 많다. 평소에 바라던 자유시간이지만 그 생각만큼 잘 쉬지 못하거나 쉬었는지 기억이 나지 않을 만큼 시간은 지나가버린다.

오늘 아무런 약속도 없는 휴일이다. 일을 하는 시간동안 쉬고 싶다는 마음, 사무실에 앉아서 화창한 날씨를 바라보고 있을 때 자유롭게 놀러나가고 싶은 마음 등을 실제로 할 수 있는 휴일이다. 하지만 나는 늦잠을 자고 밥 먹고, TV를 보고 하다 보니 하루가 지나가고 있다. 이때의 허무함은 이루 말할 수 없다. 내가 그토록 바라던 주말이고, 쉬는 날이고, 나만의 자유시간인 데 말이다. 일을 하는 상황에서만 벗어난다면 무엇을 하고 싶은지, 그토록 많이 바랐지만 단 하나도 실천하지 못했다. 무의미한 하루를 보낸 뒤 자유시간이 주어지면 무엇을 하고 싶은지 반성하면서 생각하는 시간을 가졌다.

하루의 자유시간을 잘 보내기 위해서도 어떻게 보낼지 생각하고 고민이 필요하다. 사람들이 돈을 많이 가지고 싶어 하지만 막상 큰돈이 생기면 잘 쓰지 못하거나 어떻게 써야 할지 잘 모르는 것처럼 말이다. 자유시간을 잘 보내기 위해서는 자유시간이 왜 필요한지 여러 가지 방면에서 살펴볼 필요성이 있다. 우선 스스로가 자신의 일이나 어느 부분에서 지쳤을 때 쉬고 싶어 한다. 그렇다면 우리는 왜 지쳤는지 알아보고, 해소할 수 있는 것인지 자유시간에 살펴보아야 한다. 해소할 수 없다면 상황이나 스스로를 바꿔야 하는 큰 통찰을 해야 할 것이다. 불필요한 일들 때문에 지치게 되었다면 정리해나가면서 앞으로의 계획을 잡아나갈 수 있을 것이다. 급하지만 중요하지 않은 일들과 스마트폰, TV시청 등 중요하지도 않고 급하지도 않은 일들은 줄여나가야 한다. 또한 중요하지만 급하지 않는 일들을 늘여나가는 시간을 가진다면 자유시간 활용을 통하여 앞으로의 인생을 살아가는 데 큰 도움을 주는 방향으로 쓰이게 된다.

자유시간을 잘 보내기 위해 고민하면서 더불어 내 시간을 어떻게 관리하고 있는지도 돌아보게 되었다. 글을 쓰는 이 시점에 한 해의 반이 지나가고 있다. 올해 초에 무엇을 계획했는지 기억이 안 나기도 하지만 무엇을 해보려고 하기도 전에 시간은 이미 반을 훌 쩍 넘었다.

닥터 사이언스의 연구에 따르면 젊었을 때 하루는 빨리 지나가 고 일 년은 늦게 간다고 한다. 하지만 나이가 들면 반대다. 일 년 은 어떻게 지나가는지 모른다. 하지만 하루는 간신히 지나간다. 일 에 몰두하다보면 시간이 어떻게 흘러가는지 눈치채지 못하지만 아 무것도 하지 않을 때는 지겹도록 느리게 시간이 흘러간다. 나이를 먹으면서 시간을 받아들이는 것도 변하게 된다. 아마도 신경자극 이 뇌로 들어가는 속도가 늦어지기 때문일 것이다. 생체적인 시간 은 느리게 가고 일 년은 쏜살같이 날아간다. 하지만 하루는 축 늘 어져서 느리게 간다. 뇌가 익숙한 활동성을 잃어버렸기 때문이다. 이것은 모든 면에서 나쁘게 작용한다. 인생을 다양한 관심으로 꽉 차게 만들어야 한다. 그것은 나이든 사람뿐만 아니라 모든 사람에 게 필요하다.

하루가 축 늘어져서 간다면 하루의 자유시간 역시 늘어질 것이 다. 그렇다면 나의 삶을 무엇으로 채워서 하루하루의 삶을 빠르고 도 일 년을 느리게 보낼 수가 있을까? 앞으로 어떤 활동으로 내 시 간을 채워나갈지 제대로 고민하고 알아나간다면 올해 이보다 더 큰 성과는 없을 것이라 생각한다. 그 고민을 위해서 책읽기와 글쓰기를 한다. 독서와 글쓰기를 통해 나를 알아가고 다듬어나가는 과정을 보내고 있다. 책을 읽다보면 나도 모르는 나를 발견하기도 하고 부끄러운 부분도 튀어나온다. 또한 나와 똑같은 고민을 가진 사람이 많은 것을 보면서 위로가 되기도 하고, 다양한 방법으로 고민을 풀어나가는 것을 보면서 세상에는 정답이란 없다는 것을 느끼기도 한다. 사실 아직도 나는 방황 중이며 어떻게 살아 나가야 할지 감이 안 잡히기도 한다. 다만 독서와 글쓰기가 나에게 도움을 주고 앞으로도 내 삶에 변화를 줄 것이라는 점은 확신한다.

앞으로 나에게 하루의 자유시간이 주어진다면 나는 좋아하는 책들을 여러 권 들고 좋아하는 카페에 앉아서 여유로이 책을 읽는 시간을 보낼 것이다. "언제나 좋은 날이다. 비가 오면 만물이 자라나고 날이 개면 상쾌하다"라는 말이 있다. 시간을 어떻게 보내든지 그 하루에 감사하고 최선을 다하면 그 하루 역시 자유로운 휴식의 하루가 될 것이다.

나는 내가 생각하는 것보다 강하다

　나에게 쉽지 않는 질문을 받았다. "최근에 자신에게 칭찬을 해준 적이 있나요? 칭찬을 했다면 어떤 칭찬을 해줬나요?" 스스로를 칭찬하는 일은 잘 하지 않으며 어떤 칭찬을 해야 할지 잘 떠오르지 않았다. 이 글에 대해 고민을 하는 가운데 취업을 준비할 때 같이 공부했던 스터디원에게서 연락이 왔다. 스터디할 때 항상 열정이 넘치고 긍정적으로 준비했던 사람이 나였다며 이야기를 했다는 것이다. 그 말을 통해 다른 사람들에게 비춰진 나의 모습을 발견했다. 나에게 칭찬을 해주기 위해 이때까지 나는 어떻게 살아왔는지 취업을 준비했던 과정을 다시 생각해 보았다.

　나는 내가 원하는 공기업에 취업하기 위해서 정말 열심히 노력했다는 것을 느낀다. 공기업에 취업하겠다고 큰 목표를 잡은 뒤에는 한 학기 수업을 저녁으로 다 미뤄서 들으면서 오전에는 인턴활동을 했다. 사무업무를 보조하는 것이 내 역할이었는데 전반적인 행정업무를 배울 수 있는 좋은 경험이었다. 매일 6시에 기상해 출근을 해야 하는 거리였기 때문에 일찍 일어나는 생활패턴을 만들 수 있었다. 다른 대외활동이나 아르바이트 경험과는 달리 사회생활을 몸소 느낄 수 있어서 많이 배워나갔다. 부가세 단위가 1원으로 변하는 것을 보고 꼼꼼하게 일처리를 해나가는 것을 몸으로 느끼고, 다른 부서에 심부름을 다니면서 부서간의 소통에 대해서도 배웠다. 항상 그 누구보다 일찍 출근하는 부서장을 보면서 한 부서를 이끌어나가는 장의 역할을 조금이나마 느껴볼 수 있었다.

처음에는 업무 파악도 안 되어 있고 어떤 일을 해야 할지 몰라서 우선 내가 할 수 있는 일들을 찾아내기 시작했다. 청소, 비품정리 등으로 시작하면서 하나씩 내 일들이 보이고, 업무도 점점 파악해 나가면서 내 역할을 해내고 있음에 소속감도 느낄 수 있었다. 지금까지의 인턴 중에서 제일 잘했다는 칭찬을 받으며, 인턴의 기간이 끝난 후에도 추가적으로 일을 더해줄 수 있는지 요청을 받았다. 최선을 다한 만큼 좋은 피드백을 받아서 자신감도 생기고 추후의 취업에도 도움이 많이 되었다.

대학생활 중에서 나는 휴학을 1학기만 했다. 휴학을 한 뒤 하고 싶은 게 있었던 것도 아니고, 특별한 계획이 있지도 않았다. 지금에서야 어학연수나 교환학생을 못 갔던 것이 아쉽지만 계획 없는 휴학을 하지 않고 꾸준히 학교생활을 한 것은 잘했다고 생각한다.

4학년 1학기까지 마친 후에 나는 휴학을 했고, 어느 정도의 학점관리, 대외활동은 준비를 해놓은 상태여서 관련 자격증을 취득하는데 집중했다. 자격증의 경우 1~2개월 단위로 단기간에 바짝 공부하여 시험을 쳤다. 단기간에 자격증을 취득하면서 취업 준비를 하는 중간의 과정에서 성취감을 맛볼 수 있어서 나에게는 좋은 자신감을 주었다. 한국사, 한국어, 컴퓨터 자격증 등을 취득했으며 이 자격증을 공부한 것이 추후에 공기업 상식시험에 도움이 되었다.

또한 토익 점수를 올리기 위해 토익에만 집중한 기간이 있었다. 나의 경우에는 토익을 길게 공부하는 게 맞지 않다고 느껴서 3학년 겨울방학에 토익에만 집중해서 공부해 800점대로 만들었다. 한 학기 쉬고 나서 다음 학기에 또 바짝 토익공부에 집중하여 900점대로 만들었다. 공부를 오랫동안 놓지 않는 이상 토익은 어느 정도의 점수대를 만들어놓으면 그 밑으로 잘 내려가지 않는다.

휴학하는 동안 스펙을 갖춰놓은 다음 4학년 2학기에 복학했다. 1학년 때부터 학점관리를 꾸준히 해왔기 때문에 재수강 과목이 없고, 졸업이수 학점을 거의 채웠기 때문에 들어야 할 수업이 많이 없었다. 따라서 공기업 필기공부에 집중할 수 있었다. 혼자서 꾸준하게 생활을 하는 게 어려운 것을 알기 때문에 월요일부터 일요일까지 매일 9시에 스터디 활동을 했다. 늦잠 자는 것을 방지하고 매일 공부하는 습관을 기를 수 있었다. 월·수·금 스터디, 화·목 스터디, 주말 스터디로 스터디를 여러 가지 섞어서 진행을 했기 때문에 많은 사람들을 만날 수 있었다. 스터디를 여러 개 하다 보면 공부하는 책이 겹칠 때가 많은데, 이때는 복습하는 기회로 삼아서 공부했다. 서점에 있는 공기업 필기 책은 다 풀어봤다고 할 수 있을 정도로 많은 책을 보았다. 다양한 사람들과 많은 책들은 나에게 정보를 많이 주었고, 자동적으로 필기준비 및 시사상식을 준비해나갈 수 있었다. 이 방법은 자신과 맞는 경우에 쓰는 것이 좋다고 생각한다. 혼자서 공부할 때 훨씬 잘할 수 있다면 굳이 많은 스터디를 고집할 이유가 없다.

스터디를 하면서 공기업에 꾸준히 지원을 했다. 서류전형, 필기전형에서 많이 떨어지면서 내 경험도 쌓아나갔다. 하지만 번번이 떨어지면서 나에게 면접의 기회는 많이 주어지지 않았다. 서류전형, 필기전형을 통과하고 면접시험을 앞두고 있었을 때 이 기회를 놓치지 않기 위해서 준비를 열심히 했다. 기본적인 면접 질문부터 시작하여 어떤 질문을 받더라도 이야기할 수 있을 만큼 10시간씩 매일 면접 준비를 했다. 또한 발품을 팔아서 회사의 정보도 많이 얻으려고 노력했다. 회사에 미리 사전 답사를 가서 내가 이 회사에서 일을 하면 어떤 기분일지 상상도 해보고 회사의 분위기도 파악했다. 회사에 대해 궁금한 점들은 정리를 해서 직원과 직접 면담을 통해서 해결해 나가기도 했다. 우연히 면접 준비하는 기간에 내가 들어가고 싶은 회사에서 시민 참여 행사가 진행됐다.

나는 망설임 없이 행사에 참여했다. 행사가 진행되는 과정을 지켜보면서 회사 직원들은 어떤 역할을 하고 있는지 눈여겨보고, 관련 직원들에게 질문도 하며 회사에 대한 막연한 느낌을 해소했다. 이 경험들은 면접에 긍정적으로 작용하여 이전보다 자신감 있는 태도로 면접에 임할 수 있었다. 또한 2차 면접에는 사장님이 직접 면접을 보는 것으로 알고 있었는데 행사장에서 연설하는 사장님을 미리 보았기 때문에 조금이나마 친근감을 느낄 수 있었다. 따라서 어렵고 떨리기만 한 면접장의 분위기에 조금이나마 적응하게 되었다. 수많은 회사에 지원을 하고 시험을 쳤지만 실제로 면접전형까지 간 적은 2번밖에 되지 않았다. 면접을 다방면에서 준비하려고 노력했기 때문에 합격이라는 좋은 결과를 얻을 수 있었다고 생각한다.

어떤 하나를 꼬집어서 나를 칭찬하기는 어렵게 느껴지지만 평소에 꾸준히 노력해 왔던 날들이 쌓여서 오늘의 내가 되어 있음을 내 생활을 뒤돌아보면서 느꼈다. 꾸준히 노력해온 내 자신을 마음껏 칭찬해주고 싶다. '당신은 당신이 생각하는 것보다 강하다.'라는 말을 좋아한다. 나의 매일의 노력을 칭찬해주면서 더 멋진 나로 성장해 나갈 내 모습이 기대된다.

내 삶, 가족, 직장, 공동체의 가치

'수신제가 치국평천하'는 사서삼경 가운데 하나인 《대학》에 나오는 말이다. 이 말은 먼저 자기 몸을 바르게 가다듬은 후에 가정을 돌보고, 나라를 다스리며, 그런 다음에 천하를 경영해야 한다는 의미이다. 이는 선비가 세상에서 해야 할 일의 순서를 알려주는 표현이기도 하다. 나는 내 삶, 가족, 직장, 공동체의 가치도 마찬가지로 적용된다고 본다. 다른 어느 것들이 무수한 가치를 가지고 있다고 해도 나 스스로가 가치가 없다면 전부 가치가 없는 것들이 되고 만다. 따라서 나의 가치를 알고 가다듬는 기초가 되어 있어야 가족, 직장 더 나아가 세상의 가치를 느끼며 공존해 나갈 수 있을 것이다. 그런 의미에서 나의 가치에 대해 먼저 생각해 본다.

내 삶은 내가 존재하기에 내 삶 자체는 가치가 있다. 또한 내 삶의 가치는 남이 아니라 내가 정해 나가는 것이 진정한 나의 가치라고 생각한다. 세상에는 세상의 성공코스가 존재한다. 좋은 대학에 진학해서 좋은 직장에 취업하고, 좋은 배우자를 만나서 결혼하는 등의 끊임없는 성공의 사다리 말이다. 나는 남들이 생각하는 좋은 특목고에 진학하여 남들이 괜찮다고 생각하는 공기업에 취업하여 일하고 있다. 하지만 나는 어떤 가치를 가지고 있는지, 내 삶의 가치는 무엇인지 진지한 고민이나 생각도 하지 않은 채 남들이 좋아하는 가치에 맞춰서 열심히 달려왔다. 이게 정답이 아니며 성공했다고 할 수 없다는 것을 요즘 들어 느끼고 있다. 따라서 내 삶의 가치를 스스로 정의하고, 잘 살아가기 위해서 나에게 온전히 집중하여 알아가는 시간을 가지려 하고 있다.

나는 운동을 꾸준히 함으로써 나를 발전시켜 나가고 있다. 취업을 준비하는 기간에는 복싱을 다니면서 체력을 길렀다. 취업을 준비하는 동안 스트레스 받는 일들도 많았고, 불합격의 통지를 받을 때마다 자신감이 떨어지기도 했다. 하지만 복싱을 하는 시간만큼은 운동에 집중하고, 4라운드까지 포기하지 않고 해내는 내 모습을 보면서 자신감을 되찾아 갔다. 취업의 난이라는 상황 속에서 내가 컨트롤 할 수 있는 부분을 운동으로 설정하면서 건강한 방법으로 어려움을 해결해 나갔다. 지금은 2년째 필라테스(요가)와 줌바를 하고 있다. 필라테스를 통해서 나에게 온전히 집중하는 훈련을 하고 있다. 한 동작을 오래 유지하는 경우가 많기 때문에 유지하는 동안 힘들다는 생각, 끝나면 좋겠다는 생각, 포기하고 싶은 생각이

든다. 점점 시간이 지날수록 운동을 하는 부위의 고통을 몸이 변화하는 좋은 통증으로 자연스럽게 받아들이고, 몸에 집중하면서 몸이 개운해지는 것을 느낀다.

줌바란 라틴댄스가 주요요소이면서 전 세계 댄스를 피트니스에 접목시킨 운동이다. 처음 줌바를 시작했을 때 허우적대는 내 모습이 부끄럽고 낯설었다. 또한 주변에 사람들은 나를 어떻게 볼지 신경 쓰이기도 하고 거울에 비친 내 모습을 제대로 볼 자신이 없었다. 하지만 운동을 계속하면서 음악과 동작이 익숙해져서 잘할 수 있게 되어 거울 속에 비친 내 모습 그대로를 점점 받아들이게 되었다. 지금은 타인의 시선을 신경 쓰지 않고, 타인이 나에게 별로 관심을 가지고 있지 않다는 것을 알게 되었다. 나 역시도 내가 운동에 집중하다 보니 주변사람을 신경 쓸 겨를이 없음을 느꼈다. 이렇게 운동을 통해 타인의 시선에서 벗어나고, 나에게 온전히 집중하는 시간을 통해 스스로를 더 사랑할 수 있게 되었다. 이런 모습은 내가 스스로 가치 있다고 느끼게 만든다.

소크라테스가 "네 자신을 알라"라고 말한 내용은 모두가 익히 알고 있는 말이다. 그만큼 자신을 알기 어렵고 자신에 대해 잘 모른 채 그냥 사는 경우도 허다하다. 나 역시 마찬가지이며 감정이 수시로 변하는 내 모습을 가끔 보면서 나도 내가 감당하기 힘들다는 생각을 한다. 이런 나를 이해하기 위해서 책을 읽기 시작했다. 나는 과연 누구이며, 내가 좋아하는 것은 무엇이며 등의 질문에 대답하고 싶기 때문이다. 일이 손에 안 잡히고 일상에 의욕이 없어질 때는 동기부여가 되는 책을 읽고, 관심 있는 회사를 자세히 분석하고 싶은 생각에 경제서적을 찾아보고, 소설을 읽으면서 다른 사람들이 살아가는 방식을 보곤 했다.

책이 어렵고 읽기 싫다고 느껴질 때는 쉽게 잘 읽히는 책을 읽으면서 독서에 대한 자신감을 찾아가기도 했다. 독서량이 늘어나면서 독서가 중요하다고 강조되는 이유를 느끼게 되었다. 책을 읽으면 읽을수록 내가 발전해나가는 것을 느끼고 동시에 내가 많이 부족한 사람임을 느낀다. 나도 모르는 내 모습을 발견하기도 하고, 부족한 부분을 바꾸고 채워나갈 수 있도록 독서가 도와주었다. 또한 생각지도 못한 세상을 발견하여 나의 안목을 넓혀주기도 했다. 아무것도 없는 나에게 책은 소중한 친구이자 내 삶의 동반자이다. 독서의 가치를 깨달으면서 나의 가치에 눈을 떴다.

가족은 가장 작은 사회이자 세상에서 제일 큰 울타리이다. 아이들은 가족들의 사랑을 받으면서 큰다. 사랑 받은 자만이 사랑할 수 있다고 하는 것처럼 부모님, 할머니, 할아버지, 친척들의 사랑을 앞으로 평생 갚아도 모자랄 정도로 차고 넘치게 받았다. 부모님의 모습을 지켜보면서 어른을 공경하는 법 등의 사회질서를 배우기도 했다. 또한 나에게는 남동생 1명이 있다. 어렸을 때는 많이 싸운 것 같지만 지금은 서로의 고민을 들어주며 서로에게 힘이 되어주는 게 형제이다. 동생에게 내 것을 양보해주면서 나눔을 배우고, 동생을 이끌어주면서 남에게 도움을 주는 것을 배운다. 부모님에게 이야기할 수 없는 이야기를 하며 서로에게 의지를 하고 부모님의 이야기를 잔소리로 듣는 동생에게 부모님의 입장을 전달해주는 역할도 한다. 또한 나에게 있어서 친척이란 이상적인 가정의 표본이다. 이모와 삼촌들을 보면서 가족이 모여서 어울리는 게 얼마나 아름답고 보기 좋은지 느낀다. 힘들 때 도움이 되고 내 편이 존재하는 것을 알게 해주는 것이 가족이다.

직장은 나를 가다듬고 발전시키는 곳이다. 인간은 사회적 동물이라는 것을 몸소 느끼는 삶의 체험현장이다. 직장이라는 이름 아래 다양한 사람들이 모여 일을 하기 위해서는 수많은 배려와 이해 등이 필요하다. 처음 일을 시작했을 때는 내 업무를 파악하는 데만 온 집중을 하고 있었다. 업무를 파악하고 나니 전반적인 시스템이 보이고 업무의 흐름을 보면서 혼자서만 일하면 되는 게 아니라는 것을 느꼈다. 따라서 일이 원활하게 진행되기 위해서는 팀 간의 업무소통이 필수이며 어떻게 소통이 잘 이루어질 수 있을지도 고민해 봐야 한다. 부족한 업무가 있으면 서로 챙겨주면서 도와주며 배려해주는 부분에서 회사의 소속감이 나오며 가족과 달리 업무적으로 많이 배우고 성장해나갈 수 있는 곳이 직장이다.

공동체의 가치라 하면 제일 먼저 생각나는 게 친구들이다. 가장 가까운 친구들의 모임은 삶을 윤택하게 만들어준다. 아무 이유 없이 보거나, 오랜만에 만나도 전혀 어색함 없이 편안하게 볼 수 있는 친구들이 나에게는 소중한 가치 그 자체이다. 편안하게 볼 수 있기에 가족에게도 못하는 말들을 하면서 서로의 공감이 되고, 위로가 된다. 또한 친구들은 선의의 경쟁으로 서로를 발전할 수 있게 도움을 준다. 학과 공부를 하는 데 도움을 주기도 하고, 취업을 준비하면서 정보를 공유하기도 한다. 친구와 가까이 지내다 보면 문제가 되는 점도 있다. 친구에게 의존을 많이 하여 서로가 힘들어지는 경우가 있기 때문이다. 따라서 적당한 선을 유지해야 하는 것도 배우게 된다.

내 삶, 가족, 직장, 공동체 어느 하나도 제외할 수 없이 모두 각각의 가치를 가지고 있다. 가끔은 직장이 왜 존재하는지 이해가 안 갈 만큼 안 좋은 시각으로 바라볼 때도 있었는데 내가 어떻게 상황을 바라보느냐에 따라 느낌이 달라진다. 내가 어떤 가치를 가지고 사느냐에 따라 가족과 직장에서의 가치가 달라지기 때문이다. 또한 어느 환경에서는 a의 가치가 중요하고 다른 환경에서는 b의 가치가 적용되는 것으로 구분지어질 수 있겠지만 결국은 내가 생각하는 가치가 적용될 것이다. 따라서 나는 매일 긍정적인 눈으로 세상을 바라보며 내 삶의 가치부터 더 멋지게 변화시킬 것이다.

앞으로 어디로 가야 할지
고민하는 신입사원들에게

25살에 공기업에 취업했다. 취업이 힘든 시기에 취업했기에 행복했고 부모님께서도 너무 좋아하셨다. 취업해서 공부에서 벗어나게 되고 돈도 버니까 별 고민 없이 행복할 거라는 생각을 가지고 있었다. 하지만 이 상태는 오래 가지 못한다. 어디라도 취업을 하고 싶은 입장에서는 배부른 소리라고 들릴지도 모르겠다. 하지만 그들도 역시 취업을 하게 되면 똑같은 고민에 빠지는 순간이 올 것이다. 스스로 돈을 벌고 집에서 경제적으로 점점 자립해나가면서 이전에는 못 느낀 자유를 느꼈다. 하지만 코끼리 같은 회사조직 내에서 수동적으로 움직이는 조직원으로 느껴질 때는 이 답답함을 어떻게 감당해야 할지 모른다.

업무와 사회생활이 조금 익숙해질 즈음 매너리즘을 느낀다. 업무가 반복이 되어가고 의식이 어디간지 모르게 일을 반복적으로 처리하게 된다. 경기가 나쁘고 취업이 어려운 시기에 일만 하면 월급이 밀리지 않고 들어오는 직장에 내가 속해 있다는 것에 잠시 안도를 할 뿐이다. 이는 수동적인 안도이기 때문에 무기력하게 지속적으로 일을 하다 보면 또 다시 직장에 대한 만족은 온 데 간 데 없다. 그렇기에 동기나 후배들에게서 가장 많이 듣는 질문이 "시간이 날 때 무엇을 하면서 보내는가"이다. 이런 질문이 제일 많이 나오는 이유가 목표가 없기 때문이다.

좋은 대학을 가고 취업이라는 목표만을 향해 달려왔기 때문에 정작 내가 무엇을 좋아하는지, 어떻게 인생을 살아가야 하는지 고민을 할 겨를이 없었다. 당장 취업이 힘든 상황에서 내 인생에 대해 고민하고 나에 대해 살펴보는 것은 사치로 느껴질 뿐이기 때문이다. 취업을 하고 난 이후에 우리는 이전까지 미루고 해오지 않았던 나를 바라보는 것을 시작해야 할 때이다.

각자 가치관이 다르기 때문에 개별적으로 목표나 나아가야 할 방향은 다를 것이다. 하지만 회사 업무적인 면에서, 인생의 큰 틀에서 두 가지 방향을 제시하고자 한다.

1. 업무의 매뉴얼을 만들자

신입사원일 때 업무의 지식을 어떻게 쌓아나가느냐가 중요하다. 금방 습득이 되는 일이 있는 방면에 업무 매뉴얼을 보아도 쉽게 처리가 되지 않는 일들도 많이 있다. 이는 회사 업무 프로그램 시스템에 대한 이해도가 낮은 상태이기 때문이다. 또한 업무의 매뉴얼이 없는 경우가 많으며 어느 회사든지 업무에 대한 구체적인 교육을 시켜 주지는 않는다. 때문에 몸으로 부딪히고 익히면서 터득해나가는 경우가 대부분이다. 이렇게 배운 업무는 후임이 들어왔을 때 제대로 업무 인수인계가 이루어지지 않을 가능성이 높다. 따라서 몸으로 배운 업무들을 매뉴얼화 해보는 작업을 하는 것을 권한다.

업무에 익숙해진 것 같지만 막상 매뉴얼로 표현해 보려면 쉽게 정리되지 않는다. 이 과정을 통해 업무 프로세스를 완전히 내 것으로 만들 수 있다. 가르치면서 배우는 게 더 많다고 하지 않는가, 업무 매뉴얼이 앞으로 후임들에게 큰 도움이 되는 지침서 역할을 할 것이다. 또한 업무에 적응하겠다는 목표를 넘어서자. 직장에서는 몇 년을 일하더라도 단순히 일 처리 속도만 빨라졌을 뿐 발전이 없는 사람이 있지만, 자신의 분야에서 경력을 쌓아나가며 성장해나가는 사람도 있다. 우리는 높은 경쟁률을 뚫고 입사한 실력이 있지 않은가. 그대는 인재이며 앞으로 무한한 성장 가능성을 가지고 있다.

2. 독서를 하자

이때까지 취업이라는 목표만을 향해 달려왔기 때문에 정작 내가 무엇을 좋아하는지, 어떻게 인생을 살아가야 하는지 고민을 할 겨를이 없었다. 앞으로도 지속적으로 '내가 이 일을 하고 있는 게 맞는가? 이게 내가 원하던 일인가?'라는 의문이 들 것이다. 이런 생각은 오랜 시간에 걸쳐 스스로를 탐색하고 알아 나가지 않으면 또다시 업무를 하는 가운데 매너리즘에 빠지고 업무가 적성에 안 맞는 것 같고, 그러면서도 막상 내가 어떤 일에 적성이 맞는지는 모르는 상태를 맴돌게 된다. 이를 해결할 수 있도록 도움을 주는 것이 독서이다.

이때까지 학과 공부, 자격증 공부 등 취업을 위한 수단으로만 책을 읽어왔기 때문에 책이 반갑지는 않다. 수단적으로 공부를 위한 독서에서 벗어나 어떻게 살 것인지 나만의 길을 찾아 나가는 독서를 해야 할 때이다. 아나톨 프랑스는 "내가 인생을 안 것은 사람과 접촉한 결과는 아니다. 책과 접촉한 결과이다"라고 말하고 있다. 이처럼 우리가 어디에 관심이 있고 어떻게 살아가면 좋을지 책을 통해서 힌트를 얻을 수 있다. 여러 분야의 독서를 하다 보면 계속 보게 되는 분야의 책이 있게 된다. 관심 있는 분야의 책이 생기면서 내가 무엇을 좋아하는지 알아가게 되고, 매너리즘 같은 일상을 벗어나게 해주는 힘이 되기도 한다.

독서가 좋다는 것은 항상 들어왔지 않은가? 지금이야말로 독서를 실천해서 얼마나 좋은지 몸소 느껴볼 시기이다. 또한 책은 신입사원들에게 어떻게 회사에서 인간관계를 맺을지, 업무의 어려움은 어떻게 극복해 나갈지 회사에서 일일이 알려주지 못하는 부분을 다루고 있다. 자신의 업무 분야에서도 지식을 습득하여 경력을 쌓아나갈 수 있다. '무작정 열심히 일을 하겠다'는 포부는 이제 접어두고 일을 잘 해나가는 방법을 알아나가며 훗날에 오늘 이 시간을 그냥 일만 하면서 보내지 않았음에 뿌듯해 하자.

꿈모닝,
대한민국 국민의 꿈을 위하여

· 김인순 ·

김인순   뜨거운 열정 에너지로 세상에 대해 늘 호기심을 가진 50대이다. 현재 자신의 역할과 책임에 대해 항상 고민하며 성실하게 일하고 있다. 시작은 미흡했을지라도 일개 공무원의 위치를 넘어 세상을 살아가는 이웃들과 함께하는 사람이 되려는 원대한 꿈과 희망을 가지고 있다. 한 가정의 일원으로 딸로서, 아내로서, 세 아이의 엄마로 자신을 믿으며 당당하게 살아가는 이야기에 희망과 용기를 얻을 것이다. 삶의 매 순간에 대해 감사하며, 자신을 비롯한 모든 이들이 행복해지는 세상을 기원한다.

나의 꿈

나는 올해로 28년차인 50대 구청 공무원이다. 한 남자를 만나 결혼하여 아이 셋을 낳았고 아내로, 엄마로, 또 딸로 살아가고 있다. 얼마 전 큰 아이에게서 카톡이 왔다.

큰아이 나는 어떤 사람이야?

엄마 꿈꾸고 자신의 꿈을 실천하려고 노력하는 사람

큰아이 헐~~ 감동!

엄마 근데 약속을 잘 안 지키는 치명적인 약점을 가지신 분!

큰아이 ㅋㅋㅋ 너무 치명적인데

엄마 아주 치명적임

큰아이 넵……. 엄마가 유일하게 왜라고 안 물어봤네. 교양수업 중간에 나 자신이 보는 나랑 남이 보는 나를 비교하는데,

교수님이 주변사람들에게 지금 당장 카톡 넣어서 물어 보래서

엄마　왜라고 질문해야 하나?

큰아이　노노~ 친구들은 갑자기 왜?라고 해서

엄마　우리가 평소 자신에 대해 뒤돌아보는 연습을 안 해서가 아닐까?
　　　엄마는 다른 엄마들이랑 다르다며?

큰아이　제가 본 엄마는 열정적이고 가족을 사랑하고 마음이 따뜻하고 저희의 꿈을 언제나 응원해 주시는 좋은 엄마라고 생각해요!

엄마　나의 목표는 내가 하는 일에 겸손해지려고 하고, 자신만의 스타일로 일하며 생각과 행동이 일치하는 사람이지.

　아이와 대화를 하며 내 꿈에 대해 생각을 해 보았다. 꿈……. 단어만으로 마음속에서 설렘이 살짝 일어난다. 아이들을 키우며 나의 어린 시절을 종종 되돌아보곤 한다. 초중고 시절 나는 무엇을 생각하고 꿈꾸었는지, 친구들이 대학 시절을 즐기는 동안 나는 무엇을 하고 있었는지 되돌아보며 지금 아이들의 마음이 어떨까 이해해 보려 한다. 그런데 현실로 돌아오면 부모로서 입장과 생각을 고수하는 실수를 또 범하게 된다.

　여느 부모와 마찬가지로 아이들이 꿈을 가지고, 하고 싶은 일

을 하는 사람으로 자라기를 바란다. 부모는 그 꿈을 찾는 길에 안내자가 되어 줄 수도 있고, 때로는 아이들을 무작정 기다려 보기도 한다.

큰아이는 자신의 꿈을 향해 힘찬 날갯짓을 연습하고 있고, 둘째와 셋째는 진로 탐색 중이다. 여기저기 두드려 본다. 자신이 하는 행동이 어떤 것인지도 모르면서 탐색 중이다. 여기서 나의 역할은 무엇인지 곰곰이 생각해 본다.

어릴 적 나의 꿈은 선생님이었다. 중고시절 가정형편을 탓하며 방황하던 나는 여러 일을 전전하며 모은 돈으로 공무원 고시학원 문을 두드렸다. 공무원이라는 직업에 대한 구체적인 이해나 사명감도 없이 몇 번의 노크 끝에 공무원 사회로 진입했다.

수습 기간을 보내고, 동과 구청 근무를 반복하며 지나온 시간이 스물여덟 해를 넘겼다. 나이를 먹어가고, 일을 한 경력이 쌓일수록 스스로에게 물어보았다.

'나는 내 삶을 잘 살고 있는지, 지금 나는 공무원으로서 자격이 있는지? 나는 지금 잘 하고 있는 건지?'

당시 나는 이런 질문을 하는 자신에 대해 부끄럽다고만 생각하고 그렇게 시간이 또 흘러갔다.

4년 전 타기관으로 파견근무를 갈 수 있는 기회가 왔다. 약간의 경쟁을 뚫고 파견을 가게 되었고, 새로운 곳에서 설렘과 긴장으로 낯선 업무를 담당했다. 담당업무는 이전 내가 경험하지 못한 분야로 많은 공부가 요구되었다. 파견기관 건물에는 도서실이 구비되어 있었다. 업무 자료를 위해 관련 서적을 찾아 공부하다 보니 자연스레 육아와 자기계발에 대한 책도 찾아 읽게 되었다. 그러기를 1년 여가 지났을 즈음 혼자 하는 책읽기에 슬럼프가 왔다. 독서슬럼프라고 채 깨닫지도 못하고 재미있게 책읽기를 즐기기 위한 방법을 찾다 인터넷 검색을 통해 집 근처 주변에 독서모임이 운영되고 있다는 것을 알게 되었다.

독서모임 카페를 6개월간 눈팅으로 보고 있다가 2016년 12월 3일 토요일 아침, 전격 방문하게 되었다. 독서모임의 이름은 '미라클팩토리(기적공장)'였다.

평소 나는 스스로 책과 친하지 않고 친해질 수 없다고 자신을 생각하고 있었던 터라 미라클팩토리의 토요아침 독서모임 참여는 신선한 충격이었다. 요즘 나는 나를 책읽기 전의 나와 책을 읽기 시작한 나로 구분한다. 책을 읽으며 나는 너무나 부족한 나 자신을 마주하게 되었다. 부족함을 알게 될수록 그 부족함을 채우기 위해 열정적으로 독서모임에 참여하게 되었다. 책과 마주하니 저자의 생각을 통해 다른 의견을 이해하게 되고 다른 이의 입장을 고려하거나 배려하는 마음이 저절로 생겨났다.

독서모임을 통해 참여자들의 다양한 생각과 의견을 들으며 생각의 넓이가 옆으로 커져간다. 소소하지만 다양한 이웃과 함께하는 이벤트 참여로 더불어 살아가는 세상을 만들어가는 참여자로서의 기쁨을 배운다. 매년 12월에 열리는 송년회를 통해 내년 자신의 꿈을 발표하고 선언하며, 꿈을 위해 열심히 삶을 살 것을 다짐하곤 했다.

파견 근무기간 3년을 마치고 나는 현재 근무하는 기관으로 다시 돌아왔다. 새 부서에서 치른 첫 회식모임의 나의 건배사는 이랬다.

"저는 각자 자신의 행복이 제일로 중요하다고 생각합니다. 무엇보다 자신을 사랑해야 합니다. 팀장이든 과장이든 누가 뭐라고 하든 굴하지 말자는 의미에서 각자 '자신의 행복을 위하여'라고 하겠습니다. 자신의 행복을 위하여!!!"

함께 배석한 과장님께는 살짝 미안한 마음도 있었지만, 그만큼 직원 개개인이 자존감을 갖고 일을 해야 스스로가 주민에게 펼칠 수 있는 멋진 서비스가 마음에서 저절로 우러나온다고 생각해서 한 건배사였다. 1년 여가 지난 지금도 그 마음에는 변함이 없다. 나 자신을 포함한 개개인의 행복이 중요하다고 생각한다. 무슨 일을 하든 소중한 자신에 대해 자존감을 가져야 하고, 그런 개인이 행복해야 가정이 행복하고, 가정이 행복해야 조직도 사회도 멋지게 잘 돌아갈 것이다.

나 자신과 내 주변을 돌아보며 내가 할 일을 찾아본다. 또한 내가 공무원으로서 어떤 마음을 가져야 할 것인가를 늘 고민하고 생각해 본다. 각자 자신이 맡은 바 업무나 위치에 따라 할 일이 다르겠지만, 내가 무슨 일을 하게 되든 어제보다 나은 오늘, 오늘보다 한 걸음 더 나아가는 내일을 위해 노력하는 공무원이 되겠다는 다짐을 해본다.

미라클팩토리 독서모임에 참여한 지 2년 여가 되어간다. 2년 동안 호기심으로 책을 읽기도 하고, 미라클팩토리에서 운영하는 다양한 자기계발 프로그램에 적극적으로 참여하기도 했다. 직장 업무의 위기가 온 적이 있었다. 어려운 상황과 업무 추진에 대한 고민에 빠진 상황이었다. 그 기간을 독서 모임에 참여하며 쌓여진 내공으로 위기의 업무를 완벽하게 수행해 내기도 했다. 독서모임 참여가 고비 때마다 큰 힘이 되었다. 독서모임 시작 때는 참여에 의의를 두었고, 다양한 자기계발 프로그램 참여는 내가 할 수 있는 일, 도전하고 싶은 일을 찾아보게 했다. 책읽기를 시작으로 나의 꿈은 한계단씩 진화해 가고 있다. 내가 담당하는 분야를 포함한 여러 분야에 관심을 가지고 공부하고자 노력 중이다.

몇 달 전 모교에서 '후배 고등학생들을 위한 전문직업인 특강'의 연사로 초청받았다. 우울한 고교시절이라 도망가고 숨고 싶었고, 학교 앞만 지나가도 가슴이 콩닥거리던 학교에 후배들 앞에서 당당하게 강연을 하게 된 것이다. 익숙지 않은 솜씨지만 큰아이의 도움을 받아 발표 자료를 만들고 교안을 작성했다. 공무원에 대해 궁금한 후배들을 대상으로 두 차례에 걸쳐 강연을 했다.

머리는 하얘지고 가슴을 두근두근 다리는 후덜덜, 하지만 호흡을 크게 쉬고 교단에 올랐다. 가슴의 두근거림은 강연이 진행될수록 차츰 진정되고 분위기에 익숙해져 갔다. 강연 시간 50분을 어떻게 채울까 하는 마음을 누르고 강연 중간중간 시계를 바라보며 진행을 했다. 질문 시간을 통해 후배들이 궁금해 하는 것에 대한 답을 하며 강연을 마쳤다.

강연을 마치고 집으로 돌아와 친정어머니와 둘째 아이에게 강연 참여 소식을 전했다. 놀라워하며 함께 기뻐해 주었다. 나의 고등학교 시절이 늘 내게 지워지지 않는 그림자 같은 얼룩이었는데 이번 기회를 통해 나는 그 기억을 이젠 당당히 추억으로 만들 수 있게 되었다. 친정어머니의 마음에도 드리워져 있던 어려웠던 시절 큰딸에 대한 미안함도 어느덧 얼음에서 물이 되고 수증기가 되어 날아갔다.

내 꿈은 공무원 멘토이다. 내가 되고 싶은 멘토의 역할은 단순한 업무적인 기술을 가르쳐주는 범위를 뛰어 넘어 직업인으로서의 자신의 역할, 거기에 부여된 공무원의 마음가짐을 안내하는 것이다. 학교에서의 강연은 내 꿈의 첫걸음이었다. 내가 보고 배우고 느낀 것들을 통해 내 꿈을 이루고, 그런 실천을 통해 동료, 후배들이 각자 자신의 꿈과 비전을 갖도록 본보기가 되는 것이다. 그

리고 그들이 자신의 꿈을 통해 행복해지는 세상을 만드는 데 작은
역할을 담당하고 싶다.

행복을 같이 하는 사람

　행복이라는 단어는 물질적인 풍요를 누리는 사람에게만 해당되는 것이라고 생각하고 살았던 것 같다. 그런 내가 요즘 행복을 온몸으로 느끼고 있다. 나에게 행복이란 지금 내게 주어진 경제적 여건과 상관없이 건강한 친정엄마와 가족들과의 무탈한 일상을 보내는 것이다. 친정엄마는 맞벌이하는 우리 부부가 오롯이 자신들의 일에 집중할 수 있도록 세 아이를 건강하고 반듯하게 길러 주었고, 나의 직장 생활의 든든한 버팀목이 되어 주셨다. 어느덧 아이들이 자라 하나둘 각자의 삶을 꾸리는 시기가 되니 친정엄마가 삼남매를 이런 마음으로 키워 주셨구나 하는 생각이 든다. 한 해 두 해 엄마로서의 나이가 늘어갈수록 함께하는 시간의 소중함을 깨닫게 되고, 가족과 소소한 일상을 함께하도록 노력 중이다.

　오랜 병환으로 고생하시다 먼저 가신 시어머니, 갑작스런 교통 사고로 가족 곁을 떠난 친정아버지, 아내 병수발로 고생하시다 본인 아픈 곳을 뒤늦게 발견하고 행복한 세상을 조금 밖에 즐기지 못하고 가신 시아버지. 내 나이 30대 중반에 세 분이 차례로 우리 곁을 떠나셨다. 마음의 준비도 하지 못한 채, 시부모님, 친정아버지와의 이별은 나에게 삶과 죽음의 슬픔을 남들보다 빨리 깨닫게 했다.

요즘 내가 즐기는 소확행 중의 하나는 친정엄마와 주말에 함께 하는 목욕나들이이다. 바쁜 업무와 자기계발 공부로 엄마와 함께 하는 시간이 많지 않아 늘 미안한 마음뿐이다. 한 달에 2-3번 정도 엄마와 목욕나들이를 한다. 목욕 후 맛난 점심도 먹곤 한다. 엄마와 그냥 같이 있는 것만으로 행복하다. 엄마 또한 그 시간이 좋으신지 얼굴 표정과 몸짓에 행복이 묻어난다.

며칠 전 직원 부친상 문상을 다녀왔다. 84살이라는 연세에도 늘 건강하게 지내셨는데, 혼자 목욕탕을 가신 후 넘어지는 바람에 갑자기 예상치 못한 이별을 맞이했다고 한다. 가족들이 얼마나 놀라고 슬플까 하는 안타까움이 내 마음으로 전해 온다. 하루 사이에 얼굴이 무척 수척해진 동료를 보니 안쓰럽기까지 하다. 그는 평소 무슨 일이든 긍정적으로 받아들이고, 적극적인 직원이다. 평소 그런 그를 좋아하고 따르는 이가 많아 그를 위로하기 위해 많은 선배, 동료, 후배들이 다녀간 적이 있다. 문상을 다녀온 후 건강한 친정엄마께 고맙고 감사함을 또한 가지게 된다.

친정아버지께서 돌아가신 지 16년이 지났다. 아버지는 나와 외형적으로 닮은 구석이 많았다. 얼굴도 닮았고, 손이 작은 것도 닮았고, 귀가 얇아 남의 말을 쉽게 믿고 속임을 당하는 것도 비슷하다. 내가 살아오면서 가장 행복했던 시절을 되돌아보면 초등학교 2~3학년 즈음이었던 것 같았다. 그 당시 내가 세상에 대해 느끼던 감정은 무엇이든 내가 원하고 노력하면 다 이룰 수 있을 것만 같았기 때문이다.

중학생이 되었을 때 아버지의 사업이 친척 보증으로 기울어지기 시작해 나의 고등학교 시절까지를 우울함과 패배감으로 물들여 놓았다. 이후 학창시절의 패배감은 늘 내 삶의 밑바닥에 자리잡고 있었다.

어려워진 집안 경제 상황은 가정주부였던 엄마를 생계 전선으로 내몰았다. 엄마는 새벽부터 일어나 집안 살림을 챙겨놓고 일을 하러 가셨고, 밤늦게 집으로 돌아왔다. 녹록치 않은 형편에도 내가 무언가 목표 의식을 가지고 노력하며 살아온 삶의 밑바탕에 어려웠던 그 시절, 눈물로 우리 삼남매를 길러주신 엄마의 마음을 잘 알기에 성실하고 바른 길을 걸어왔다고 생각한다.

신혼 초 넉넉지 못한 살림으로 남편과 나는 시부모님과 함께 살았다. 1년 여 조금 넘는 기간이었다. 친정엄마는 "직장생활만 오롯이 한 네가 살림 사는 법도 제대로 모르면서 어떻게 어른들을 모시고 사냐"고 말렸지만, 당시 나는 겁 없이 어른들과의 동거를 시작했다. 각자 집마다 문화가 다르기에 서로 다른 방식의 생각과 행동으로 불편을 겪는 시간도 있었고, 함께해서 더 즐거운 웃음이 피어나는 날도 있었다. 시어른들이 돌아가시고 차차 나도 나이가 들어가니 어른들과 함께한 시간이 소중하고 귀한 경험이었고, 그 속에서 작은 행복을 느꼈음을 알 수 있었다.

그 동안 아버님께서는 나에게 무한 사랑을 주셨다. 많이 부족하고 미숙한 나도 아버님의 사랑에 보답하고자 더 노력했다. 아버님은 아픈 아내를 10여 년이 넘는 세월을 병수발을 하셨다. 그래서인지 나는 아버님이 늘 안쓰러웠다. 어머님은 긴 병에 마음과 행동이 마치 어린아이와 다름없었다. 어른스럽지 못한 어머니의 말과 행동에 나는 상처를 입기도 했고, 그런 나의 마음을 읽으셨는지 아버님께서는 늘 다독여주셨다. 만약 내가 시어른들과 함께 부대끼며 지내온 시간이 없었다면 서로의 마음을 읽을 수 있는 가족이 될 수 있었을까? 감사하고 고마운 시간이었다.

이제 결혼을 한 지 올해로 20년이 흘렀다. 대학생, 고등학생, 초등학생까지 아이 셋, 남편, 친정엄마, 그리고 나 이렇게 여섯 식구. 처음 막내가 우리에게 보물처럼 왔을 때는 살짝 당황하기도 했지만, 보물이라 생각하고 맞이했다. 막내 덕분에 소소한 일상에서 우리 집에 웃음 꽃이 핀다.

행복이 무엇일까? 생활에서 만족과 기쁨을 느낀 흐뭇한 상태가 행복이라고 한다. 요즘 일터에서 일을 마치고 집으로 돌아오면 식구들과 같이 저녁을 먹고, 시간을 함께 보내고 있다. 소소한 일상을 함께하고, 같이 하는 시간을 늘려가며 가족들간의 행복을 만끽하고 있다.

나에게 가장 칭찬해주고 싶은 순간

평소 스스로 책과 친하지 않은 사람이라고 생각하고 살았다. 나 자신에 대한 자존감을 의식하기 시작한 것이 책을 읽기 시작한 지 일 년쯤 지났을 때쯤이었다. 지금 다시 곰곰이 생각해 보니 나는 어릴 적 부모님의 사랑을 듬뿍 받고 자란 행복한 사람이었다. 내가 자라면서 집안 형편이 어려운 시절 우리 삼남매에 대한 두 분의 사랑에 대해 생각해 보면, 과연 내가 커서 어른이 되고, 부모가 된다면 나의 부모님 두 분처럼 자녀들에게 지극 정성을 다할 수 있을까 라고 생각한 적이 있다.

돌아가신 친정아버지는 나와 외모가 닮은 구석이 많은 분이었다. 아버지는 어릴 적 엄하기만 하신 할아버지 밑에서 자라 자신이 부모가 된다면 자식들에게 잘 하고 싶었다고 했다. 넉넉한 형편은 아니었지만, 아버지의 그런 마음 덕분으로, 아버지는 일터에서 돌아오시는 길에 작은 가게에서 매일 우리들을 위한 간식을 사다주셨다. 당시 우스갯소리로 가게 주인이 우리 삼남매에게 너희들은 우리 가게에서 안 먹어 본 것이 없을 거라고 했을 정도라니 말이다.

친정엄마는 일곱 남매의 둘째였다. 예전 어른들이 자라던 시절, 다들 어려운 형편에다 아들 딸 차별이 심했다. 엄마도 그런 차별을 받고 자랐었다. 엄마는 어릴 적부터 집안 살림을 하며 자라서 살림의 여왕이시다. 엄마의 어릴 적 외할아버지, 외할머니에 대한 원망이 우리 삼남매에게는 긍정적으로 돌아왔다. 나, 남동생, 여동생인 우리 삼남매는 자라나면서 항상 각각의 몫이 1/3이었다. 이런 두 분의 사랑 덕분에 나는 어릴 적이 가장 행복했었다. 물질적인 개념이 없을 때였지만, 그 나이를 돌이켜보면 세상에 나가 무엇이든 할 수 있다고 생각할 수 있었고, 두려운 것이 없었다.

내가 중학교 시절부터 집안 형편이 기울기 시작했고, 인문고를 진학했지만 집안형편을 핑계로 나는 공부에 집중하지 못했다. 어중간한 성적으로 대학 진학을 하지 못했고, 세상에 대한 원망과 좌절감에 빠져 있었다. 지금으로 보면 단기 아르바이트 정도의 몇 가지 일들을 하다 공무원 준비 학원을 다니고 운 좋게 합격하여 공무원이 되었다. 남들이 보기에는 부러움의 대상인 공무원이 되었지만, 늘 대학을 가지 못한 자격지심이 내 마음 저 바닥 속에 있었다. 거기에 대한 보상심리가 발동하듯 자기계발에 대한 호기심이 늘 가득 차 있었다. 일을 하면서 늘 반성하며 느낀 것이 하나 있다. '나는 머리가 영리한 편은 아니구나'라는 생각을 했었다. 내 눈으로 보지 않은 것은 믿지 않았다. 관련 규정을 이해할 때까지 주변에 자문을 구하고, 자료 하나하나를 내 손으로 다 챙겨보고 이해를 해야 다음 일을 수행하다 보니 일의 속도도 느리고, 거기에다 업무적인 감각 부족으로 동기들보다 승진도 늦은 편이었다.

게다가 업무 사건에 휘말려 일을 그만둘 위기에 처하기도 했다. 그때 혼자 생각했다. 호랑이굴에 들어가도 정신만 차리면 된다고. 잘 될 거라는 자신에 대한 믿음으로 그 위기를 어렵게 해결했고, 그 시간을 경험한 덕분에 내 자신의 일에 철저함과 꼼꼼함을 가지려 노력하는 지금의 내가 되었다.

학창시절에 나는 존재감이 없는 아이였다. 말수도 적고 그냥 눈에 두드러지지 않는 아이였다. 일을 하면서 학창시절과 달리 성격이 활달해지고 자신을 표현할 줄 아는 사람으로 변했다. 게다가 환경 또는 업무적인 변화에 잘 적응하는 사람으로 호기심이 많은 나로 변했다.

친한 동료가 2010년경 책을 읽고 본인이 느낀 변화를 나누고자 '종이거울'이라는 독서모임을 만들었다. 친분으로 거기에 참여는 했으나 책은 늘 읽지 못 했고, 그 모임이 부담으로 다가오게 되었다. 다른 동료들도 그런 부담을 가졌는지 자연스레 운영이 잘 되지 못하고 흐지부지 되고 말았다.

그러다 내가 시에서 교류근무를 하고, 시청 3층 시정정보자료실의 즐거운 방문자가 되고, 의회 1층 의정자료실의 행복한 방문자가 되었다. 혼자 책읽기를 한 지 1년이 지날 즈음 스스로 독서 슬럼프임을 느끼고 인터넷 검색을 통해 독서모임을 찾아 참여하게 되었다. 책과 친구가 되려 노력하고자 시작하게 된 것이다.

처음 독서모임에 참여할 때 나의 모습은 새로운 환경에 대한 호기심과 내가 미처 알지 못한 세상을 만난 듯 빨려들었다. 마치 누가 나를 잘하고 있는지 검사하는 듯, 좋은 점수를 받기 위해 노력했다. 독서모임 '미라클팩토리'에 참여하게 된 지 이제 어느 덧 2년 정도가 지났다. 책을 읽는 속도가 다른 사람보다 느려도, 내가 미처 그 주의 책을 읽지 못하는 때가 있어도 나만의 독서 호흡을 가지려고 노력했다. 주변의 참여자들을 부러워하긴 했지만, 그들의 앞서감과 멋진 서평에 휘둘리지 않는 나의 독서 호흡법을 유지하려 했다. 독서를 하게 되면서 시간의 소중함을 알게 되고 업무의 계획과 추진에 있어서 일을 해결해 나가는 방법이 선명하고 뚜렷해져 가고 있다.

지금 나에게 가장 칭찬해 주고 싶었던 적은 2016년 12월 3일 토요일 아침, 미라클팩토리의 문을 두드린 것이다. 그 문을 향한 노크가 세상을 바라보는 나의 눈을 높였고, 업무의 성장을 가져왔고, 가정의 소중함을 알게 했고, 내가 세상에 할 일이 무언가를 고민하게 했다. 미라클팩토리에 대한 노크가 기적을 가져 왔고, 나 또한 나를 아는 이들에게 그 기적을 나누어 주고 있다.

누군가에게 따스함을 전해주는
사람이 되고 싶습니다

마치 스펀지가 물을 흡수하듯 미라클팩토리의 매력에 빠져 내 마음속 깊이 감춰 두었던 열정을 하나씩 꺼내게 되었다. 토요일 아침 독서가 좋기만 하던 시절을 지나 월요일 직장인 아침독서 참여, 리딩 플랜 참여, 몇 번의 저자 강연 참여 등등 기적공장의 열렬한 팬이자 후원자가 되었다. 미라클을 통해 내 꿈을 다시 찾기도 했고, 가족과의 관계에 대해 생각해 보기도 하고, 내가 공무원으로서의 사명, 이 시대를 살아가는 기성세대로서의 책임감에 대해 고민하게 되었다.

미라클을 통해 발견한 꿈은 누군가에게 따스한 마음을 전해 줄 수 있는 사람이 되는 것이다. 내 주변의 모든 이들에게, 가까이 내 가족, 울 팀원들, 내 선배와 후배들, 내 삶의 일상 속 스쳐가는 사람들에게까지도 따스함을 줄 수 있는 이가 되고 싶다. 그 실천 방법으로 삶의 본질이 무언가를 고민하게 되고 현상에 현혹되지 않는 내가 되기 위해 공부하고 탐색하기 위해 노력한다. 넉넉하지 않은 가정형편으로 마음껏 배우지 못한 것에 대한 호기심이 많이 남았는지, 배우고 알아가며, 변화하는 나에 대해 관심이 많다. 그렇게 열심히 삶을 사는 것을 보고 배우기를 바라는 것이 나의 아이들에 대한 교육관이다.

요즘 나 스스로에게 여유로움을 발견한다. 부끄럽지만 길을 지나다 계단을 힘겹게 오르는 할머니의 짐을 들어드린다든지, 택시를 탈 때 기사님들의 소소한 일상을 이야기 나눌 때 여유로워지는 누군가에게 작은 것을 나누려는 나를 발견한다.

업무시간 중 힘들어하는 후배에게 응원의 글을 보내기도 하고, 또 다른 후배에게는 직장맘으로서의 고충을 들어주고 다독여 보기도 한다. 다람쥐 쳇바퀴 돌 듯 앞만 달려오던 내가 아침에 조금 더 일찍 일어나 출근하고 업무시작 전 감사의 글을 올리고 또 직원들이 조금 더 일하기 편하도록 같이 고민하고, 업무적인 의견을 나누는 나를 발견한다. 또한 시간을 더 아끼고 공부하는 나도 발견한다. 이게 소소한 일상의 행복이 아닐까 싶다.

2017년 업무적인 면에서 힘든 시기가 있었다. 내 업무분야의 전문가와 협업을 하던 중, 전문가가 무책임하게 진행 중에 팽개쳐 버리고 나가버린 상황이었다. 누군가는 그 상황을 마무리지어야 했고, 그 일을 내가 해야 했다. 그 시기에 나는 일어나지 않은 결과를 염려하기보다 어떻게든 일을 해내야 한다는 간절한 마음으로 협업을 해야 하는 동료들을 다독이고 모아 큰 무리 없이 이뤄냈다. 절실하게 힘들었던 시기를 같이 한 동료들은 서로에게 큰 힘이 되었고, 이후 다른 업무를 수행할 때 서로에게 믿음을 가지고 일을 하게 되는 계기를, 또한 그들의 숨겨진 역량을 이끌어내어 그들 자신이 담당하는 업무에 대한 자신감을 가질 수 있는 기회로 만들었다. 그 경험은 이후 나를 새로운 업무에 대해 두려움 없는 나로 태어나게 했다.

신입시절에는 일을 몰라 바쁘게 살았고, 지금은 알고 싶은 것을 공부하고 배우려 바쁜 생활을 보내고 있다. 지금은 바쁜 나를 즐기고, 행복해 하며, 나날이 각박해져 가는 세상 속에서 누군가와 작은 따스함을 나누기 위해 노력하고 있다.

chapter

9

꿈모닝,
매일 꿈을 사는 사업가

· 김영욱 ·

김영욱　꿈을 바라는 것보다 중요한 것은 매일 자신이 꿈을 살아가는 일이다. 무일푼
으로 시작해 부산에서 150억 기업으로 성공하여 이제는 청년들의 리더로서 멘토로서
어린 사업가들에게 불빛이 되어주는 사업가이자 작가이다. 많은 이들의 실패와 좌절을
온 마음으로 안타까워하며 가장 중요한 마인드의 차이를 누누이 알리는 그는 미국 진출
을 코앞에 두고 있다. 남들이 하지 않는 것을 한다는 사업가 김영욱은 꿈을 키워주고 싶
은 사람, 타인의 상상력에 날개를 달아주고 싶은 사람으로 여러분을 만나고자 한다.

내 삶에 영향을 주었던 롤모델

얼마 전에 읽었던 《부의 추월차선》에서 작가는 자신의 삶에 영향을 주었던 사람이 명확했다. 어릴 적 큰 목표도 없이 가난한 가정에서 남들처럼 살던 작가가 늘 가던 아이스크림 가게 앞에서 사진으로만 본, 꿈에 그리던 람보르기니를 직접 보고 얼어붙고 만다. 그리고 용기를 내어 그 차의 주인인 듯한 젊은 사람에게 직업을 물어본다. '발명가'라는 소리에 자신도 젊은 나이에 저렇게 부자가 되어 람보르기니를 탈 수 있다는 희망을 가지게 된다. 그리고 실제로 그렇게 되었다.

나는 위의 작가처럼 인생의 전환점이 되었던 사건이나 사람이 없었다. 특정한 사건이나 사람보다는 가랑비에 옷 젖듯 평소의 많은 사람들과 사소한 일들로 서서히 영향을 받았다. 많은 분들이 내 삶의 여러 요소들에 영향을 미쳤다. 부모님은 삶의 태도에 영향을 주었고, 와이프와 아이는 앞으로의 방향에, 존경하는 기업인들은 꿈을 가질 사업에, 책들은 삶 전반에 영향을 주고 있다.

1. 삶의 태도에 영향을 준 사람들

누구나 마찬가지겠지만 삶에서 가장 많이 영향을 주는 사람은 부모님일 것이다. 나 역시 마찬가지였다. 어릴 때는 무작정 따라 해야 할 대상이었을 것이고, 머리가 좀 커서는 배울 점과 배우면 안 될 점을 나눠서 생각했던 것 같다. 부모님께 배웠던 가장 큰 것은 태도였다.

그 중 첫 번째는 부지런함이었다. 지금껏 많은 사람을 만나오면서 아직까지도 우리 부모님만큼 부지런한 사람은 본 적이 없다. 주위의 다른 어른들께서도 항상 "부모님만큼만 부지런히 살면 너는 못할 것이 없다"고 말씀하셨다. 그런 태도를 늘 보고 온 덕분에 나도 부모님처럼 부지런히 산다. 때론 부지런히 논다.

두 번째는 아침 일찍 일어나는 습관이다. 부모님과 같이 살면서 부모님보다 일찍 일어난 기억이 거의 없다. 언제나 부모님은 나보다 먼저 일어나서 하루를 먼저 시작하고 나중에 나를 깨웠다. 그래서 결혼하고 처가댁을 보기 전까지 모든 어른은 다 일찍 일어나는 줄로만 알았다. 지금 내가 일찍 일어날 수 있는 것은 학습효과도 있고, 조금의 의지력도 있겠지만, 아마 부모님의 영향이 클 것이다.

2. 앞으로 좀 더 행복하게 살아가야 할 이유를 만들어 준 사람들

예쁜 와이프를 만나 행복한 가정을 꿈꿀 수 있었고, 평생의 친구가 될 수 있었다. 그리고 아들, 이 조그만 아이가 하늘에서 갑자기 떨어진 듯 나타나서 삶에 가장 큰 영향을 주었고, 행복을 주었다. 이들은 내가 앞으로 건강하게 좀 더 행복하게 살아가야 할 마땅한 이유와 좋은 영향을 주는 사람들이다.

3. 꿈을 키우도록 영향을 준 사람들

자라면서 늘 사업을 하는 사람들을 보고 자랐다. 거창한 사업이 아니더라도 직장 다니는 것을 제외한 모든 것을 어릴 때는 사업으로 생각했다. 그래서 그런지 자연스럽게 나도 사업을 생각하지 않았을까 추측해 보았다. 사업을 시작하면서는 보다 원대한 꿈을 가지게 되었다. 단순히 돈을 벌기 위한 사업이 아닌 세상을 이롭게 하는 사업을 하는 기업인들을 보고 꿈을 가지게 되었다. 앨런 머스크를 보며 불가능이란 무엇인가를, 손정의를 보며 원대하고 명확한 인생의 목표를, 마윈을 보며 포기하지 않는 끈기를, 이나모리 가즈오를 보며 경영이란 무엇인지를, 그리고 천호균을 보며 기업을 경영할 때와 은퇴 후의 삶에 대해 늘 생각하고 배우고 있다. 이 사람들 덕분에 아주 부족하지만 더 큰 꿈을 가지며, 조금씩 나아가고 있는 듯하다.

이 사람은 책들을 의미한다. 책도 모두 사람들이 쓴 것들이니 책에 영향을 받는다는 것은 책을 쓴 작가들에게 영향을 받는다는 것이다. 어릴 때 책을 안 읽은 덕분에 나이 들어 읽는 책의 영향력은 충격적인 듯했다. 책의 중요성은 굳이 애기 안 해도 될 듯하다. 책에 관한 명언은 수없이 많을 것이다. 그러나 책을 본격적으로 접하기 전까지는 그 무수한 명언들이 느껴지지 않았다. 아무런 감정 없이 '꽃은 예쁘다'라든지, '건강은 중요해', '규칙적인 생활은 좋아' 이런 정도의 느낌이었다. 책을 읽기 시작하면서 책은 나에게 문제가 생길 때마다 모든 걸 안내해 주는 길잡이와 같았다. 즉, 지금 나의 삶에 가장 큰 영향을 미치는 사람은 책인 것이다.

과거에 내가 한 일 중
가장 가치가 있었던 일은?

내가 한 일 중에 가치 있었던 일은 너무 많다. 물론 극히 개인적으로만 가치 있었던 일을 포함해서다. '가장'이라는 단어 때문에 한동안 생각에 잠겼다. 그 많은 가치 있는 것 중에 무엇이 가장 가치가 있다고 말할까? 내 생각을 바꾼 책을 읽었을 때? 꿈을 가졌을 때? 처음 해외여행을 나갔을 때? 교환학생으로 해외의 학교를 다닐 때? 사업을 하겠다고 마음을 먹었을 때? 와이프를 만났을 때? 결혼을 했을 때?

생각해 보면 참으로 많을 것이다. 그중 가장 가치 있을 때를 정하기란 힘들었다. 그러나 한 가지 확실한 건 내가 한 일이 나에게만 가치 있는 일보다 나를 포함하여 다른 누군가에게도 가치 있는 일이라면 좀 더 가치 있는 일 아닐까? 내가 한 일 중에 나에게도 가치가 있고, 다른 사람들에게도 가치가 있는 일은 무엇이었을까?

버려진 동물을 돌보고, 치료해서 생명을 살리는 일도 가치가 있을 것이고, 여러 업체를 멘토링하거나 컨설팅해서 그들에게 조금이라도 힘이 되는 것도 가치가 있을 것이고, 사업을 하며 좋은 제품을 만들어 소비자에게 유익하게 사용되는 것도 가치가 있을 것이고, 사업을 하며 직원들의 행복한 가정을 꾸려나가는데 조금이라도 보탬이 된다는 것도 가치가 있을 것이다. 이 가치 있는 것 중에 무엇이 가장 가치 있다고 말할까? 역시 정하기 힘들었다.

그래서 바꿔서 생각해봤다. 사람들이 나중에 가장 후회를 많이 하는 것이 무엇인지를 생각해봤다. 사람마다 다를 수도 있겠지만 가장 많이 들었던 이야기는 '부모님께 좀 더 잘할 걸'이었던 것 같다. 사람들이 항상 마음먹고도 잘 안 되어 나중에 뼈저리게 후회하는 것이 바로 부모님께 잘하는 것, 좀 더 구체적으로는 부모님께 자식과 함께하는 행복한 추억을 만들어드리는 것이 아닐까 한다.

그래서 가장 가치 있는 일로 부모님과 함께한 첫 해외여행을 뽑았다. 짧은 여행이었지만 같이 며칠을 여행을 다니며 소소하고도 즐거운 추억을 만들었다. 부모님은 며느리와 손주도 함께여서 더욱 뜻 깊으셨을 것이다. 이렇게 우리는 3대가 재밌게 여행을 다녔다. 여행을 마치고 부산에 돌아와서 우리는 조그마한 분식집에서 다닥다닥 붙어서 우동을 먹었다. 여행을 갔다 와서 집에 들어가기 전 끼니를 해결하기 딱 좋은 그림이었다. 그렇게 오손도손 첫 해외여행을 마무리할 즈음, '우리들 덕에 좋은 추억을 간직할 수 있었다'는, 부모님의 '고맙다'는 말씀에 가슴 한구석이 찡했다. 가기 전에 부모님과 같이 가면 많이 싸운다는 남의 말만 듣고 여행에 대한 걱정을 많이 했다. 그런 고민을 한 나 자신이 부끄러웠고, 갔다 와서 함께 여행 가는 것이 별것도 아니었는데 그동안 못한 것도 미안했다. '갔다 오니 이렇게 좋은 걸, 쓸데없는 고민으로 많은 걸 놓치고 살고 있었구나'라는 생각에 많이 깨달았다. 그래서 가장 가치 있는 일로 부모님과 함께한 첫 해외여행을 뽑았다.

혹시 지금도 이런 고민을 하시는 분들이 계신다면, 그 고민을 하는 지금도 시간은 흐르고 있고, 부모님이 곁에 계실 시간은 줄어들고 있다는 걸 깨달았으면 좋겠다.

3년 뒤 어느 날

새벽 4시. 며칠 전 집 근처로 회사를 옮겨서 자전거를 타고 출근한다. 날이 많이 풀렸다지만 새벽 공기는 여전히 차다. '새벽 4시' 하면 군대 생각이 많이 난다. 군대 시절 새벽 4시에 찬물에 샤워하고(보일러는 늘 고장이 나 있었다.) 바닷가로 경계근무를 나갔다. 뭐 어쩔 수 없이 나가는 근무였지만, 이런 이른 시간에 깨어 있다는 것 자체가 왠지 모르게 뿌듯했다. 그것이 내가 부지런해서도 아니고, 남들보다 하루를 일찍 시작하는 것도 아니었다. 심지어 근무가 끝나고 돌아오면 12시까지 잠을 자는데도 그런 생각이 들었다.

내가 새벽 일찍 출근을 한 지 5년이 됐다. 그 계기는 단순했다. 해운대 송정에서 김해로 출퇴근을 해야 했는데, 보통 남들이 하는 출근시간에는 2시간가량 걸렸다. 그렇게 출퇴근 왕복하고 이런저런 업무를 보다 보면 도로 위에서만 5시간을 보내게 됐다. 어느 순간 문득 그 시간이 너무 아까웠다. 그래서 고민 끝에 4시에 출근하게 됐다. 그 시간에 출근하니 30분밖에 걸리지 않았다. 신세계였다. 그 후론 지난날의 출퇴근한 시간을 아까워하며, 이제부터라도 그 시간을 낭비하면 안 되겠다고 다짐했다.

그렇게 일찍 출근하고 삶의 많은 부분이 바뀌었다. 외국어 공부할 시간도 생겼고, 수영할 시간도 생겼고, 하루일과를 계획하고, 중요 업무를 고민하고, 책을 읽어도 아직 직원들은 출근하지 않았다. 하루아침에 어디선가 '잉여시간'이라는 큰 선물을 준 듯했다. 그때부터 난 남들보다 하루를 더 길게 산다. 그 선물 받은 시간으로 더 즐겁게 살려고 했다.

회사에 도착했다. 자전거를 세워놓고 사무실로 들어간다. 사옥을 여기 대연동으로 옮긴 지 한 달 정도 밖에 안 되어서 그런지 아직 뭔가 어수선하다. 하루 중 가장 소중한 이 새벽시간을 여유롭게 보내고 마무리하고 있을 즈음 직원들이 하나둘씩 들어온다. 입구에 나가서 직원들에게 인사를 건넨다. 요즘은 직원들이 상전이다.

오전에 회의를 하면서 파트 별 업무 진행사항을 체크하고 오후에 만날 사람이나 업체가 있는지 체크한다. 직원들과 점심을 먹고 난 퇴근한다. 우리 사옥에는 우리가 투자했거나 협업 파트너 등의 업체가 10여 곳이 입주해 있다. 퇴근하면서 입주기업들을 돌며 얘기하고 놀다가 회사를 나간다. 그렇게 10여 개 업체를 돌아보는데 2시간이 걸린다.

업체를 다 돌고 회사를 나가려고 하는데 직원들이 불러 세운다. 스쿼시 한 게임 하자고 하면서 슬슬 승부욕을 자극한다. 깔끔하게 한 게임만 하기로 하고 회사 내에 스쿼시 장으로 향했다. 이젠 마음껏 운동할 수 있다. 20년 동안 아팠던 무릎은 3년 전 치료를 받고 이젠 완치되었다. 그 20년 동안 마음껏 하지 못한 운동을 보상이라도 받듯 지금은 틈만 나면 운동을 한다. 그렇게 회사 일정을 마무리하고, 나는 공사현장으로 간다.

그동안 꿈에 그리던 4층짜리 예쁜 집을 짓고 있기 때문이다. 요즘 가장 즐거운 사람은 와이프다. 집 설계는 다 정해져 있지만, 인테리어는 아직 수정할 여지가 있어서 인터넷에서 예쁜 집 인테리어를 늘 들여다보고 있다.

나도 마찬가지다. 일주일에 몇 번씩 공사현장에 나가서 그 집에서 앞으로 일어날 행복한 나날을 상상한다. 1층은 차고 겸 나와 아들의 꿈의 놀이터가 되고, 2층은 지인들과 파티를 열 수 있는 접대실과 사랑방이 있고, 3층, 4층은 우리 가족의 보금자리, 그리고 옥상은 어느 커피숍 부럽지 않은 풍경과 수영장이 있다.

꿈의 놀이터에서는 아들과 상상하는 모든 것을 만든다고 시간 가는 줄 모르고, 다 만들어서 여러 사람들과 공유한다. 때론 그 물건이 상품화되기도 하고, 사업 아이템이 되기도 한다. 아들은 친구들과 무한한 상상의 나래를 펼치고, 나 또한 뭐 더 재미있는 게 없을까 생각하게 하는 신기한 장소가 된다. 즐거운 상상의 나래를 펼치고 시간 가는 줄 모르다가 아들이 학교 마치고 올 시간이 다 되었다. 하교하는 아들을 학교 앞으로 마중 나간다. 멀리서 공차면서 나오는 아들한테 열심히 손을 흔든다. 다행히 한눈에 알아보고 뛰어온다. 아들이랑 집에 오면서 분식집에서 떡볶이랑 순대랑 먹고, 그것도 모자라 핫도그를 하나씩 물고 나왔다.

오늘은 아들이랑 G리딩 인문학 모임에 가는 날이다. 이제는 아들이 더 가고 싶어 한다. 어릴 때부터 데리고 다녔던 것이 자연스럽게 책을 읽는 습관이 된 듯하다. 아들과 한 약속이 있다. 학교에서 배우는 공부가 재미없으면 안 해도 된다. 성적이 안 좋아도 된다. 부모 욕심의 사교육은 절대 시키지 않는다. 대학교 안 가도 된다. 대신 엄마, 아빠랑 같이 책 많이 보고, 독서모임, 인문학 모임만은 같이 다니자고 약속했다. 성적을 위한 공부, 경쟁을 위한 공부, 학력을 위한 공부는 절대로 시키고 싶지 않았다. 다만 책을 통해 생각할 수 있는 힘을 길러주고 싶었다.

아들이랑 미라클에 도착했다. 미라클에서는 아직도 지난주 파티의 여운이 가시질 않는다. 지난주 내가 미라클 식구들을 초대해서 파티를 열었다. 3년 전에 시작한 도전을 성공하여 가진 멋진 파티였다. 1,000일 동안 매일 글쓰기와 1,000일 동안 매일 책읽기를 무사히 마무리 한 내 스스로를 칭찬하고 싶은 자리였고, 주위에서 응원해주신 미라클 식구들에 대한 고마움을 전하는 자리였다. 이 도전은 정말 힘들었지만 인생에서 가장 큰 성과가 되었다. 무엇보다 아들에게 좋은 본보기가 될 수 있을 것 같아 더욱 뿌듯했다.

하루 일정을 마치고 아들이랑 집에 왔다. 와이프는 열심히 계획을 짜고 있고 둘째는 자고 있다. 다음 달에 처가댁 식구들이랑 함께 가는 첫 해외여행의 일정을 와이프가 짜고 있는 것이다. 물론 준비하는 건 힘들지만 부모님과 함께하는 첫 해외여행인지라 즐거운 모양이다. 오늘 하루도 최선을 다했다. 최선을 다해 일하고, 최선을 다해 놀고, 가족에게 최선을 다했다.

나는 지금 추억을 사고 있는 것이다

4시에 일어나 다른 날보다 분주하게 여러 정해진 일들을 하고, 출근해서 또 급하게 업무를 마무리하고 9시에 수영을 갔다가 끝나기가 무섭게 다시 집으로 왔다. 아침부터 참 분주했다. 집에 도착하니 아내와 아들이 1층으로 내려와 있었다. 아들은 기분 좋게 약간 흥분해 있었다. 기분 좋은 아들을 보니 아침의 분주함에 대한 보상인 듯 흐뭇했다.

오늘은 아들 유치원 입학식이다. 누군가는 그럴 것이다. 뭐 대단하지도 않은 작은 행사에 호들갑이냐고? 그렇다. 호들갑이라도 떨고 싶었다. 어릴 적 나의 입학식, 졸업식에는 언제나 아버지가 없었다. 사실 그때 딱히 서러웠거나 원망했던 기억은 없다. 그냥 없는 게 당연하다고 느꼈으니까 그냥 그것이 일상적이었다. 그러나 시간이 지날수록 느껴지는 이 공허함은 어쩔 수 없는가 보다. 아버지는 늘 바빴고, 그것이 당연하다고 생각했다. 그 당연하다고 느꼈던 생각들로 인해 난 어릴 적 추억이 없어졌다. 많은 시간이 흐른 뒤에 내가 결혼을 할 즈음 아버지는 '네게 미안하다'고 했다. 그렇게 바쁘게 살아서 많이 데리고 놀러 다니지 못했다고, 너는 아이 낳으면 그렇게 하지 말라고. 그 순간 알았다. 과거의 그 당연하다고 느꼈던 것들이 당연한 것이 아니었다는 것을 알았다. 그리고 맹세했다. 나는 그렇게 살지 말자.

그런데 사람은 망각의 동물이라 했던가? 난 또 잊고 지냈다. 며칠 전 일이다. 아들이 할머니와 할아버지를 따라 울산의 고모 집으로 2박3일 놀러 갔었던 적이 있었다. 우리 부부에게도 아이 없이 며칠을 보낸 날이 처음이라 영화도 보며 오랜만에 자유를 만끽했다. 며칠 후 부모님이 지후를 데리고 왔다. 손자가 뭘 해도 예뻐 보이는 여느 할머니 할아버지인지라 이야깃거리가 많은 듯했다. 그냥 웃으며 듣고 있었다. 그러다 머리가 번쩍하는 이야기를 들었다. 물론 그 이야기도 할머니는 자랑으로 한 말이다.

"지후야 엄마, 아빠 안 보고 싶어? 이 할머니가 아빠보고 울산에 데리러 오라고 할까?"라고 지후에게 묻자, 6살 난 아들 지후가 이렇게 대답했다는 것이다.

"할머니, 우리 아빠는요 너무 바빠서 여기 데리러 못 올 거예요. 그냥 여기서 누나랑 형아랑 놀고 있을게요. 나중에 집에 할머니가 데려다주세요."

말을 또박또박 잘한다고 칭찬이라고 한 얘기가 내게는 예전에 다짐했던, 그러면서도 잊고 지냈던 여러 가지를 끄집어냈다. 아이 눈은 정확하다. 거짓말을 못한다. 나의 아들이 본 아빠는 내가 어릴 때 보았던 아버지 그대로였다. 그렇게 다짐을 했는데 난 또 잊고 지냈던 것이다. 그래서 이 작은 유치원 입학식에도 호들갑을 떨어야 했다. 나는 지금 추억을 사고 있는 것이다. 나중에 억만 겁의 돈으로도 살 수 없는 그 소중한 추억 말이다.

내 주변 꿈꾸는 사람들

꿈이라는 단어는 논하기가 가장 어려운 주제 중 하나라는 생각이 든다.

여러분들은

- 주변의 사람들과 꿈에 대해 이야기를 나눠 본 적이 있는가?
- 꿈이라는 단어를 생각하면 어떤 이미지가 떠오르는가?
- 주변의 누군가에게 꿈에 대해 물어본다면 어떤 반응이 돌아오는가?

나의 개인적인 경험으로는 다른 누군가와 꿈에 대해 얘기했을 때 대부분은 유쾌하게 받아들이지 않았고, 비현실적인 사람으로 취급 받기도 했다.

나에게 꿈이라는 단어는 다른 사람들에게 함부로 말하기 어려운 주제이고, 참 설명하기 힘든 미묘함을 가진 듯하다. 단어 자체는 희망적이고 설레는 단어임에 틀림이 없지만, 사람들은 이 단어를 꺼내기를 주저한다. 그럼 왜 그렇게 예민하게 반응을 하는 걸까?

꿈이라는 의미에는 양면성이 있는 듯하다. 다음 질문을 보자.

- '네 꿈이 뭐니?'(꿈을 이루다)
- '아직도 꿈꾸고 있어?'(꿈 깨라)

느껴지는가? 위의 질문에서는 장차 이루고 싶은 희망을 물어보는 것이고, 아래의 물음은 아직도 정신 못 차리고 현실적이지 못함을 지적하는 말이다. 한쪽은 긍정의 에너지가 뿜어져 나오고, 다른 한쪽은 굉장한 부정의 에너지가 나온다.

나는 이 꿈의 양면성에 대해 항상 싸우면서 지금까지 왔다. 나는 어린 시절부터 사업을 꿈꾸어 왔다. 그것도 남들이 잘 하려 하지 않는 어려운 사업들이었다. 나는 늘 나 자신에게 스스로 꿈을 물어보고 이룰 수 있다고 다짐을 한 반면, 주위로부터는 늘 아래의 질문과 같이 정신 차리라는 말을 많이 들었다. 그것도 가장 가까이에 있는 부모님으로부터.

항상 내면과 현실과의 싸움이었다. 그래서 늘 다독였다. 나는 특별한 사람이니까 다른 사람들은 내 꿈을 이해 못할 수도 있어. 그러면서도 부모님에게까지 저런 소리를 듣고도 다시 긍정의 다짐을 하기란 쉬운 일은 아니었다.

지금은 내가 꿈꿔왔던 길을 하나씩 이루고 있고 당당히 말할 수도 있다. 나 스스로에게, 나의 꿈을 헛된 일이라고 비웃던 사람들에게, 그리고 꿈과 현실을 고민하는 많은 사람들에게 자신 있게 말할 수 있다.

'당당히, 그리고 묵묵히 꿈을 향해 걸어가라고 !'

돌이켜 생각해 본다. 이런 꿈의 양면성에 대한 고민들이 내 개인에게만 일어나는 특별한 일일까? 아마 아닐 것이다. 정말 수많은 사람들이 꿈을 키우며 살아가다가 현실의 무수한 반대에 부딪쳐 그 꿈은 점점 작아지고 어른이 되어서는 언젠가 존재했던 그 꿈을 기억조차 못하게 된 것은 아닐까 하는 생각이 든다.

주위에 아이들과 어른들에게 물어보자.

"꿈이 뭐에요?"

아이에게 물어본다. 우리 6살 아들은 1초의 망설임도 없이 소방관이라고 대답한다. 가끔은 경찰관이 나오기도 한다. 같은 질문을 어른에게 물어본다. 어른들은 1초의 망설임도 없이 째려본다. 상대방은 나를 이상하게 쳐다보며 당황하면서 생각하기 시작한다. 꿈을 찾기 시작한다. 나도 예전에는 꿈이 있었던 것 같은데 기억이 안 난다고 한다.

이 현실이, 팍팍하게 살아가는 이 사회가 언젠가 존재했을 수도 있을 나의 소중한 꿈을 앗아갔다고 생각하는 듯하다. 그리고 그 존재했을 수도 있을 나의 꿈이 무엇인지 기억을 더듬고 있다. 왜 어릴 때는 있는 꿈이 어른이 되면 잊히는 걸까? 참으로 안타까운 일이다. 꿈이 없다는 것, 꿈을 잃어 버렸다는 것, 꿈을 잃어 버렸다는 것이 그 사람 개인의 문제일까? 꿈을 꿀 수 없게 만든 우리 사회의 문제일까? 우리 사회가 꿈을 꾸는 사람들에게 그냥 현실에서 묵묵히 살아가라는 암묵적인 강요를 하고 있지는 않은가?

이 사회에 속해서 충실히 살아가든지, 꿈을 꾸며 외롭게 살아가든지 선택을 강요하는 듯하다. 그럼 왜 우리 사회는 꿈을 꾸는 것에 대해 이토록 부정적일까? 난 사회학자도 사회문제에 답을 제시할 전문적인 소견을 가진 것도 아니어서 답을 제시할 수는 없다. 하지만 그렇다고 해서 꿈을 포기하고 살 수는 없지 않은가?

물론 사회를 탓하자는 것도, 개개인을 탓하자는 것도 아니다. 이런 사회를 인지하고 개인적으로 어떻게 하면 꿈을 꾸며 살 수 있을까 방법을 찾아보자는 것이다. 우리는 좋든 싫든 이 사회에 함께 살아가고 있다. 내 꿈을 찾으려 이 사회를 등질 수는 없는 노릇이고, 그렇다고 무작정 사회와 싸우는 투사가 되기도 힘든 일이다. 그럼 어떻게 하면 꿈을 꾸며 살아가고, 꿈을 이루는데 도움이 될까?

꿈꾸는 사람들 주위에 함께 있으면 된다. 그런 조직에서는 항상 꿈을 말하고, 응원하고, 칭찬하고 격려한다. 그런 조직에서는 나의 꿈을 지지해주는 사람들이 많다. 그러면서 나도 계속 꿈을 생각하게 되고, 하나씩 이룰 수 있는 원동력을 가지게 된다. 이런 조직들이 많아지고, 이 사회가 이 조직처럼 된다면 꿈을 꾸는 사람이 손가락질 받지 않고, 행복해 보이는 사회가 될 것이다.

마지막으로 이 사회에서 꿈을 꾼다는 것이, 현실에 적응 못하는 부적응자의 일탈 행동이 아닌, 미래를 준비하는 희망찬 사람들의 진정성 있는 행동으로 여겨지기를 바란다. 그리고 우리 사회에서 자유롭게 꿈을 이야기하고 나누는 것이 자연스러운 사회, 서로의 꿈을 응원해주는 사회가 되었으면 하는 바람이다.

지금 이 순간 당신은 행복한가요?

　지금 이 순간 당신은 행복한가요? 누군가는 쉽게 행복하다고 할 것이고 누군가는 망설일 것이다. 무엇이 행복을 결정하는가? 참 어려운 질문이고, 쉽게 답할 수 없는 질문이기도 하다.

　20대 대학시절 라오스로 여행을 갔다. 여행하며 정말 많은 생각을 했다. 그 생각들은 낯선 나라의 단순한 호기심이었던 것도 있고, 해도해도 답을 찾지 못하는 그런 생각들도 있었다. 단순한 호기심은 이런 것들이었다.

　'어떻게 나라 전체에 엘리베이터 있는 건물이 하나도 없을까?', '아스팔트는 이 나라의 수도에서도 찾아보기 힘들까?', '왜 밤 11시만 되면 소등해야 할까?' 등이었다.

　그리고 괜히 심각해지며 고민했던 것들도 많았던 걸로 기억한다. 그중 몇 날 며칠을 생각하게 만든 것은 '행복'이라는 주제였다.

이렇게 못 살고 안 좋은 환경의 사람들이 대부분 웃고 다니고, 행복해 보였다. 쉽게 말을 걸고, 가는 곳마다 배구를 하고, 낯선 이방인에 대한 호의도 보였다. 한마디로 너무 행복해 보였다.

새로운 곳의 사람들은 금세 친해져 있었고, 말은 안 통하지만 함께 밥을 먹고 맥주 한 잔씩 하며 아주 오래전 친구같이 편안함도 느꼈다. 그리고 자연스럽게 우리나라 사람들과 비교되었다. 항상 무표정한 얼굴에 빨리빨리 움직이고, 여유도 없으며, 쉽게 화를 내는 우리는 전혀 행복해 보이지 않았다.

살기로만 따지면 우리가 훨씬 잘 산다고 말할 수 있을 텐데 왜 우리는 행복하지 못한 걸까? 아니 행복해 보이지 않는 걸까? 가진 것 없어도 라오스 사람들은 왜 저렇게 행복해 보이는 걸까? 내가 그 답을 낼 수는 없지만, 행복의 조건이 물질만은 아니라는 결론은 확실한 듯했다.

그럼 무엇이 행복의 조건일까? 나는 사람들의 보편적인 행복의 조건에 대해서는 말할 자격이 없다. 행복에 대해 여러 사람들과 이야기 해본 적도, 행복을 주제로 한 이야기를 들은 적도 별로 없기 때문이다.

그래서 내게 질문은 해본다. 나는 지금 행복할까? 행복하다. 왜 행복할까?

나의 기준은 이렇다. 가장 큰 것은 내가 아픈 곳이 없이 건강해야 하는 것, 사랑하는 사람이 옆에 있고, 행복한 가정이 있는 것,

근심 걱정이 없어야 하는 것(고민해도 해결되지 않을 걱정), 희망이 있을 것. 그리고 그 희망을 위해 목표를 가지고 하나씩 실천하고 있을 것, 그 이외의 행복의 조건은 정말 많아서 일일이 다 열거를 할 수는 없지만 한마디로 요약한다면, 현재에 충실한 것.

즉, 지금 이 순간 행복을 위해 필요한 것은 바로 건강하게 희망을 가지고 목표를 향해 한걸음씩 현재에 충실 하는 것이라고 생각한다.

인생의 슬럼프가 왔을 때······
꿈모닝 하세요!

인간은 실패하기 위해서가 아니라 성공하기 위해서 태어난다.

_ 헨리 데이비드 소로

　20대 후반, 처음 책을 집필하고 100군데 출판사에 원고를 투고했다. 투고결과 100군데 다 거절을 당했다. 그 후 원고 컨설팅을 받고 수정을 통해서 한 출판사와 계약을 하게 되었다. 출판사와 계약 후 바로 책이 나올 것이라는 기대가 있었다. 그런데 책 출간은 여러 가지 이유로 계속 늦춰졌다. 작가로 삶을 살고 싶은 기대감이 점점 사라지기 시작했다. 바로 이 시기에, 꿈모닝을 만났다.

　꿈이란 당신이 잠에서 깨어나며 잊어버리는 그 무엇이 아니라, 당신을 잠에서 깨우는 그 무엇이다.

필자는 인생의 슬럼프가 왔을 때, 매일 꿈쓰기를 실천한다. 책 출간이 늦어지는 시기에, 100일간 블로그에 꿈쓰기를 도전했다. 아침마다 꿈을 쓰는 일을 꿈모닝이라고 지었다. 블로그에 글을 보면서 주변 사람들이 많이 응원해 주었다. 심지어 꿈모닝을 도전하는 분들도 있었다. 지금도 구글과 네이버에 꿈모닝을 검색하면 많은 사람들의 도전기록이 나온다.

100일 동안 꿈쓰기 도전에 성공하고 대학생들과 꿈모닝 서포터즈를 운영했다. 매일 꿈을 쓰는 일이 대외활동으로 이어진 것이다.

이런 꿈모닝 활동이 미라클독서모임 회원들과 함께 매일 자신의 꿈을 쓰는 글쓰기로 이어졌다. 작가부터 강사, 직장인, 공무원, 사업가 등 다양한 직업을 가진 사람들이 모여서 각자의 위치에서 꿈모닝을 쓰기 시작했다. 매주 회원들과 모여 꿈을 나누고, 글쓰기 스터디를 하고, 매일 글을 쓴 것을 카페와 카톡으로 나누며, 서로 응원하는 시간을 가졌다.

그리고 우리들의 가슴이 뛰기 시작했다.

우리는 될 수밖에 없다. 될 때까지 할 거니깐!

_DID 송수용 마스터

송수용 대표의 DID 강연코칭에서는 "우리는 될 수밖에 없다. 될 때까지 할 거니깐!"라는 구호를 외친다. 꿈을 반드시 이룰 수 있는 방법이 이 구호에 숨겨져 있다. 우리가 가진 꿈을 이룰 때까지 도전하면, 이루어질 수밖에 없다. 마치 아프리카의 어느 부족의 기우제 이야기와 같다. 아프리카의 어느 부족이 기우제를 지내면 반드시 비가 내린다고 한다. 기우제를 얼마만큼 간절하게 지내기에 확실한 응답을 받는지 알아보니, 이 부족은 비가 내릴 때까지 기우제를 지낸다는 것이다.

자신의 꿈이 이루어지지 않아서 낙심하고 답답해하는 것이 아니라, 그 꿈이 이루어지지 않더라도 이루어질 때까지 도전하는 정신이 필요하다. 꿈이 이루어지지 않고, 답답한 현실의 벽에 막혀 있을 때, 오히려 더 큰 꿈을 생각하며, 희망의 글을 쓰고, 도전하는 자세를 가져야 한다.

"단순히 책을 읽는 것만으로는 지루하고 재미없을 것 같지 않나요? 좀 더 나아가 미라클한 삶을 꿈꾸어 봐요!"

독서모임을 시작하면서 100년 이상 지속되는 모임으로 꿈꾸었다. 모임에 참여하는 회원과 그분들의 자녀가 함께하고, 자녀의 자녀까지 참여하는 모임으로, 3대가 함께하는 독서모임을 꿈꾸었다. 독서모임 참여자들의 연령대가 중학생부터 48년에 태어나신 사업가도 있다. 연령대가 다양해서 3대가 함께하는 모임으로 만들어지고 있다.

100년의 꿈을 가지면 생각의 규모가 확장된다. 1, 2년을 바라보는 생각보다 훨씬 더 가치 있는 꿈들을 가질 수 있다. 사람의 인연도 마찬가지이다. 사람을 한 번 보고 말 것이라는 생각과 10년, 20년 이상 지속적으로 만날 인연으로 생각하면 태도가 달라진다.

앞으로 미라클팩토리 독서모임 회원들과 100년 이상 함께하고 싶다. 그리고 이 책은 미라클팩토리에 100년 이상 함께할 책이 될 것이다.

죽은 나무토막과 같은 인생이 아닌, 펄떡이는 물고기처럼 살아라.

매주 월요일 출근하기 싫어서 다리가 떨리는 사람들은 평범한 직장인이라고 한다. 그들에게는 주말이 짧고, 출근하는 날이 원망스럽다. 반면에 매주 월요일을 기다리면서 가슴이 떨리는 사람들이 있다. 이 사람들은 평범한 직장인이 아닌 장인이라고 불린다. 자신의 일을 하면서 가슴이 떨리고 행복해하는 사람들이다.

출근하기 싫어서 다리가 떨리는 삶을 살고 있는가? 혹시 내 인생이 죽은 나무토막과 같은 영혼 없는 삶을 살고 있는가?

이런 삶에서 필요한 것이 꿈모닝이다. 매일 아침 새로운 꿈을 생각하고, 그 꿈을 가지고 희망을 쓰는 하루를 시작하는 것이다.

이 책을 통해서 다리가 떨리는 평범한 사람들이 가슴이 뛰는 삶으로 바뀔 것이다. 죽은 나무토막과 같은 삶이 아닌 펄떡이는 물고기처럼 사는 삶이 될 것이다.

> 비전과 꿈을 소중히 여겨라. 그것들은 당신 영혼의 아이들이자 최종적인 성공을 위한 설계도다.
>
> _ 나폴레온 힐